시인 연산군

詩人 燕山君

신 봉 승 편저
최 동 호 해설

선

시인 연산군

詩人 燕山君

편 저 자 / 신 봉 승
해 설 자 / 최 동 호
발 행 인 / 김 윤 태
편 집 인 / 배 정 형
발 행 처 / 도서출판 善

등록번호 / 15-201
등록날짜 / 1995. 3. 27

초판 제 1쇄 인쇄 2000. 2. 1
초판 제 1쇄 발행 2000. 2. 2

주 소 / 서울시 강남구 역삼동 769-12 청암빌딩 402호
전 화 / 888-0945, 472-4694, 539-9135
팩 스 / 539-9121

책 값 / **8,000원**

ISBN 89-86509-06-7 03810

차 례

시인 연산군의 감수성을 살피며

역사를 다시 읽고, 새롭게 평가하려는 분위기가 고조되면서 연산군에 대한 관심도 높아지고 있다. 그가 단순한 폭군이었다기 보다, 시인의 감수성에 바탕을 둔 모후에 대한 그리움과 복수심이 그의 성품을 포악하게 변하게 한 것은 아닐 지, 「조선왕조실록」에 등재되어 있는 그의 시 120여 편을 읽어보면 그의 인간적인 번민을 소상히 살펴 볼 수가 있다.

비록 연산군의 치세가 난정의 시대인 것만은 사실이었다고 해도 그가 시적인 상상력과 시적인 감수성으로 정무에 임한 흔적이 곳곳에서 발견되기에 연산군의 시는 그를 연구하는데 귀중한 사료가 되고도 남는다.

연산군은 자신의 주위에 아첨하는 무리들이 가득했다는 사실을 시로써 자탄하고 있었고, 자신에게 종말이 다가오고 있음도 시로써 노래하고 있었으며, 또 그런 지경에 이른다면 자신을 구원해 줄 신하들이 없을 것이라는 것을 시로써 개탄하고 있음에서 그의 인간적인 번뇌를 짐작하게 한다.

조선왕조는 절대군주의 시대였음에도 사대부와 선비들의 기질이 임금의 기를 꺾어놓는 일이 비일비재하였으므로 어느 임금도 자신이 하고자 하는 소망을 모두 이루지는 못했다.

태종(太宗)과 같은 폭군에 버금가는 임금도 신하들의 성화같은 반대로 자신의 뜻을 모두 이루지 못했다. 그러나 젊은 연산군의 활화산 같은 집념의 칼날은 신하들의 어떠한 반대도 용납하질 않았다. 바로 여기에서 그의 시적인 감수성이 불러들이는 예민한 반응을 찾을 수가 있을 것이다.

이러한 정치적인 배경과 아울러 시인으로서의 연산군을 바로 살피기 위해서는 그가 남긴 작품을 세세한 연표와 면밀히 대조하면서 읽는 것도 이해를 돕는 방법일 것이다.

이번에 「시인 연산군」을 처음부터 기획하고 교정까지 책임지며, 한 권의 반듯한 책으로 내놓게 된 것은 도서출판 판「善」金倫泰 사장님의 결단과 노고가 있었기에 가능하였다.

지난날, 사료를 찾고 살펴 준 소설가 고원정(高元政), 유재주(柳在洲), 평론가 박덕규(朴德奎) 등과 해설을 써 주신 고려대학교의 최동호(崔東鎬) 교수님께 새로이 감사를 드리며, 전 작품의 감수(監修)를 맡아주셨던 김달진(金達鎭) 선생님께서는 고인이 되셨기에 명복을 빈다.

2000년 새봄에

한국역사문학연구소에서

시인 연산군과 내시들의 얘기

만약 사람이 착하지 않은 일을 하여 이름을 세상에 떨치면, 남이 비록 해치지 않아도 하늘이 반드시 죽인다.

– 명심보감 天命篇*

1

연산군은 시인(詩人)이었다.

그는 스스로 시집을 엮었던 것으로 보인다. 중종(中宗) 1년(1505) 6월 10일 조의 『중종실록』에는 연산군의 시집에 관한 기사가 실려 있다.

> 政丞及金勘議啓, 曰, 燕山君自製詩集及實錄閣所藏警誓文, 竝燒毁何如.

위의 기사에 따르면 연산군의 자제(自製)시집은 불태워진 것으로 되어 있으나, 천만다행으로 그의 실록인 『연산군일기(燕山君日記)』에 120여 편의 시가 등재되어 있어 그의 시적 재능을 살펴보는 데는 아무 불편함이 없다.

---

* 莊子曰 : 若人作不善 得顯名者 人雖不害 天必戮之.

시인이란 감수성이 예민하게 마련이다. 게다가 그때는 지금과 달라서 학문적인 바탕(독서의 범위라도 좋다)이 없으면 훌륭한 시를 쓸 수가 없었다. 비록 연산군의 치세가 난정의 시대임이 분명하다 해도 그가 시적인 상상력과 감수성으로 정무에 임한 흔적이 곳곳에서 발견되고 있다.

이는 연산군을 연구하는 데 필요한 귀중한 자료가 되고도 남을 것이다.

길은 멀고 땅은 미끄러워
다니기 어려운데
충성심 가시지 않아
대궐에 나왔구려.
비나니 어진 정승들이여,
나의 잘못을 살펴주고
복령(茯笭)과 대춘(大椿)처럼
오래오래 사시오.

路遙地滑最難巡
不却誠忠詣紫晨
予翼賢公遺闕補
還期年齒似笭椿

연산군 초기의 시는 편수로도 얼마 되지 않지만, 담고 있는 내용이 지극히 평온하고 다정하여 읽는 사람들의 마음을 편안하게 한다. 그것은 곧 연산군의 폭정이 내재된 정서와는 다른 방향에서 진행되고 있었음을 단적으로 보여 주는 예라고 할 것이다.

반대로 집정 중반부를 지나서 종반기에 들어서게 되면 갑자기 시의 편수가 늘어나기 시작하고, 담겨진 내용도 평상의 그것과 달라서 읽는 사람들을 몹시 불안하게 한다. 그러면서도 화자가 드러내 보이고자 하는 내심은 숨기지 않고 있다.

사시철 아름다운 경치도
놀이만은 못한 것이니
부디 그윽한 대(臺)
밝은 가을 달을 구경하리.
바람 이는 강에
물결 타고 건너기 좋아 마오.
배 뒤집혀 위급할 때
그 누가 구해 주리.

四時佳景不如遊
須賞幽臺朗月秋
莫好風江乘浪渡
飜舟當急救人唯

얼마나 솔직한 심회를 토로하고 있는가.

연산군의 집정 후반기는 난정의 연속이었고, 종반에 이르러서는 누구도 흉내낼 수 없는 광태를 보였다. 그의 언행은 일치되지 않았고, 군왕의 체통을 여지없이 무너뜨리는 일도 비일비재하였다. 그런 와중에서도 자신의 솔직한 심경을 가감 없이 시에 담았다.

연산군이 남긴 125편의 시 가운데서 무려 108편이 집권 마지막 3년 동안에 쓰여진 것만 보아도 그는 자신의 과실을 시에 담는 것으로 위안을 삼았던 것이다.

위에 인용한 시의 내용도 전반에는 자신의 파행을 솔직하게 적었고, 후반에 이르러서는,

배 뒤집혀 위급할 때
그 누가 구해 주리.

라고 자신의 종말을 처연한 심정으로 예견하고 있다. 이 예견은

정확한 것이어서 그가 왕위에서 쫓겨나 강화 섬으로 유배될 때 아무도 그를 구하고자 하지 않았다.

중종반정(中宗反正)이 있기 며칠 전 연산군은 기생들과 풍악 사이를 내왕하면서 전혀 현실과 다른 환각의 상태를 마음껏 즐기면서도 문득 자신의 모습으로 돌아와 탄식하였음도 시로 적어서 남기고 있다.

인생은 풀잎의 이슬 같아서	人生如草露
만날 때가 많지 않은 것	會合不多時

연산군의 심저에 깔려 있었던 참으로 인간적인 심회가 아니고 무엇인가. 그는 이 시를 쓴 지 두 달 뒤에 보위에서 쫓겨나 강화도에 위리(圍籬) 안치되었다.

2

연산군은 성종대왕의 적장자로 태어났다.

조선왕조의 27왕 가운데서 성종대왕만한 성군도 흔치 않았다. 성종의 치세가 세종대왕의 그것과 비견되는 것은 그가 이끌었던 시대가 태평성대였기 때문이지만, 쿠데타(세조가 주도한 계유정난)의 상처가 치유되고 명실상부한 문민정부로 들어섰다는 점에서도 세종조와 유사하다.

성군의 적장자로 태평성대에 태어난 연산군이 포악 무도한 난정의 주인공이 되자면 그럴만한 배경과 여건이 주어져야 한다. 아무 까닭 없이 그런 난정의 시대가 오는 것이 아니기에 더욱 그렇다.

바로 그 배경과 여건은 어머니 윤씨(성종의 초비)의 사사(賜死 : 사약을 내려서 죽이는 일)에서 비롯되었다. 만일 어머님 윤씨가 그런 불행한 일을 당하지 않았다면, 연산군이 폭군이 되지 않았을 것이라는 확신에 가까운 가정을 해보는 것도 그 때문이다.

윤비의 폐출(廢黜)과 사사는 성종의 모후인 인수대비(仁粹大妃 : 소혜왕후)와 깊은 관계가 있다. 인수대비는 조선조의 여인답지 않게 한학에 통달하였고, 범어에도 조예가 깊었으며 성품이 범과 같아서 사람이 지켜야 할 도리와 범절을 하늘같이 소중히 하였다. 『연려실기술』은 인수대비의 성품을 다음과 같이 적고 있다.

인수대비가 세조의 잠저(潛邸) 때부터 시부모를 섬기어 밤낮을 게을리 하지 않더니 빈(嬪)으로 책봉된 뒤에는 너무 부도(婦道)를 삼가였으므로 세조가 효부(孝婦)라는 도장을 만들어서 내렸다.

그녀는 천품이 엄정하여 왕손들을 기르되 조금이라도 과실이 있으면 덮어 주지 않고 곧 얼굴빛을 바로 하고 경계하였으므로 시부모는 농담으로 폭빈(暴嬪)이라고 하였다.

효성으로 봉양하는 여가에 부녀의 무식함을 걱정하여 『열녀전(烈女傳)』, 『여교명감(女敎明鑑)』, 『소학(小學)』 등의 서책을 가져다 그 절실하고 중요한 부분을 뽑아서 모두 일곱 장(章)으로 나누어 이름을 『내훈(內訓)』이라 하고 국문으로 번역(飜譯)하였는데, 상의(尙儀 : 정5품직의 상궁) 조씨(曺氏)가 발을 썼다.

아무리 농담이지만 시부모가 며느리를 폭빈이라 하였다면 그녀의 성품이 어느 정도였으리라는 것은 능히 짐작할 만한 일이다. 게다가 인수대비는 중전의 자리를 눈앞에 두고 있을 때 지아비(추존임금 德宗)를 잃어야 했고, 그로 인해 빈궁의 자리를 내놓고 잠저로 돌아가 무려 12년 동안이라는 긴 세월을 왕실의 과부로 지내다가 둘째 아들 성종이 보위를 이어 가게 되자 중전의 자리를 거치지 않은 채 대비가 되어 다시 입궐하게 되었다. 조선왕조에서는 전례를 찾을 수 없는 기사회생이었다.

열두 살 어린 임금을 성군으로 다듬기 위해 그녀는 남다른 학문과 칼날 같은 성품으로 독단도, 전횡도 서슴지 않았다. 그것은 한으로 뒤엉켰던 지나간 세월을 보상받고 싶은 자위의 수단이기도 하였다.

성종의 초비이자 연산군의 모후 윤씨는 상궁 출신이었으므로 국모로 간택되는 과정에서부터 인수대비의 마음에 들지 않았으나, 이미 수태한 몸이었으므로 물리칠 수가 없었다. 그런 윤비인지라 그녀의 행동거지가 인수대비의 마음에 들 까닭이 없었는데, 비상을 간직하는 등 투총의 기미를 보이다가 어이없게도 성종의 용안에 손톱 자국을 내게 되어 인수대비의 진노를 사게 되었다.

윤비를 폐서인(廢庶人)으로 삼아서 축출하라는 인수대비의 엄명은 서릿발과도 같았다. 아무도 반대의 뜻을 개진할 수가 없었다. 윤비는 사가에 쫓겨나서도 인수대비의 감시를 받아야 했다.

조정중신들은 원자(元子 : 어린 연산군)의 모후임을 들어 용서를 청하였고, 때로는 양식과 의복을 내려서 편한 삶을 누리게 할 것을 간청하였으나 인수대비는 오히려 그녀에게 사약을 내리게 하였다. 그때 연산군의 나이 네 살이었다.

3

인수대비는 원자(어린 연산군)에게 모후의 사사를 알리지 않기 위해 엄격한 교육으로 일관하게 하면서도 성종으로 하여금 "향후 백년 안에는 폐비의 일을 입에 담을 수 없다"는 엄명까지 내리게 하였다.

보령 유충한 원자는 유년기를 넘기면서 세자로 책봉되었고, 그때 이미 어미 소를 따르는 송아지의 울음소리를 들으면서 어머님을 그릴 만큼 사모(思母)의 정을 다스리지 못했다. 따라서 모후의 일을 입에 담지 못하게 하는 주변 분위기에 반발하고 저항하는 것을 어찌 나무랄 수가 있으랴. 그러나 왕실과 조정으로서는 숨막히는 노릇이 아닐 수가 없었다.

아니나 다를까, 연산군은 보위에 오르면서 모후에게 사약이 내려진 근원을 캐내기 시작하는 것이었다. 조정의 중신들은 선왕(성종)의 고명을 들어서 만류하였고, 인수대비는 친할머니임에도 불구하고 폭빈의 위엄으로 어미를 찾는 손자를 가차없이 나무라고 나섰지만, 그 도가 심하면 심할수록 연산군의 사모의 정에 불을 지르는 빌미가 되었다. 또 그것은 분노로 변해 갈 수밖에 없었다.

마침내 연산군은 모후의 처참했던 종말을 알게 되면서 어머님에게 내려지는 사약을 방치한 사림(士林)들에 대해 복수의 칼을 뽑아 든다. 두 번에 걸친 사화(士禍)로 얼마나 많은 사림들이 피흘리며 죽어갔던가. 뿐만 아니라 모후의 폐출과 사사에 관련된 부왕의 후궁들을 잡아들여 자루 속에 넣고, 그녀들 소생의 왕자들로 하여금 때려서 죽이게 하는 무자비함도 거침없이 자행하였다.

인수대비는 병상에 누운 채 연산군의 광태를 전해 듣고 예전과 다름없이 진노부터 터뜨렸다. 부왕의 고명(윤비 사사에 관한 것을 재론하지 말라는)을 저버리는 불효를 저질렀다는 것이었다.

이에 격분한 연산군은 인수대비의 가슴팍을 향해 술상을 던지는 패덕을 저지른다. 이 입에 담기조차도 민망한 패륜이 있은 지 얼마 되지 않아서 인수대비는 병상에서 헤어나지 못한 채 세상을 떠난다.

여기서 우리는 손자가 할머니에게 가하는 폭력과 만나게 된다. 아무리 포악무도한 사람이 저질렀다고 하더라도 용서받을 수 없는 패덕을, 강상(綱常)과 윤기(倫紀)를 목숨보다 소중히 했던 유교국가의 임금이 저질렀다면 그 비난의 도가 더 클 것임은 자명한 이치일 것이다.

어미 잃은 어린 손자를 훈도하면서도 손톱 만큼의 빈틈도 용납하지 않았던 인수대비의 태산교악과도 같은 위엄이 어린 연산군의 가슴에 원한의 응어리를 심어주고 있었다는 점에서, 오늘을 사는 우리들에게도 큰 깨우침을 주고 있음이 아니고 무엇이겠는가.

4

연산군의 치세는 난정의 연속이었다.

강상과 윤기를 소중히 하였던 유교국가의 신하들이 임금의 잠자리 시중을 들어야 할 기생들을 공개적으로 뽑아들이는 일〔採紅使〕에 나서면서도 부끄러워하질 않았고, 임금은 궐안 경회루(慶會樓)의 연못에 꽃배를 띄우고 그 기생들을 희롱하며 풍악을 즐겼으며, 그것도 모자라서 수많은 민가를 헐고 사냥터를 만들기까지 하였다.

역사는 난정의 연속이었던 연산조에 두 사람의 충절이 있었다고 적었다. 한 사람은 대사헌(大司憲 : 지금의 검찰총장) 홍귀달(洪貴達)이요, 다른 한 사람은 놀랍게도 환관(宦官 : 내시의 별칭) 김처선(金處善)이었다.

내시 김처선의 사람됨을 살펴보기 위해서는 『연려실기술』에 적힌 그에 관한 기록을 상고하지 않을 수가 없다.

김처선은 관직이 정2품이었다. 연산주가 어둡고 음란하였으므로 김처선이 매양 정성을 다하여 간하니, 연산군은 노여움을 속에 쌓아 두고 겉으로 나타내지 아니하였다. 일찍이 자신이 궁중에서 처용(處容)의 노릇을 하여 음란함이 한이 없을 때 김처선은 집안 사람에게 "오늘 나는 반드시 죽을 것이다" 하고 궁으로 들어가서 거리낌없이 말하기를 "늙은 놈이 네 임금을 섬겼고, 경서(經書)와 사서(史書)에 대강은 통하지만 고금에 상감님이 하는 것과 같은 이는 없었습니다" 하였다.

이에 연산주가 성을 참지 못하여 활을 당겨 쏘아서 갈빗대에 맞히자, 김처선은 "조정의 대신들도 죽음을 두려워하지 않는데 늙은 내시가 어찌 감히 죽음을 아끼겠습니까. 다만 상감께서 오래도록 임금 노릇을 할 수 없는 것이 한스러울 뿐입니다" 하였다. 연산주는 화살 하나를 더 쏘아 맞혀서 공을 땅바닥에 넘어지게 하고 그 다리를 끊고서, 일어나라 하였다. 이에 김처선은 임금을 쳐다보면서 "상감님은 다리가 부러져도 다닐 수가 있습니까" 하자, 또 그 혀를 끊고 몸소 그 배를 잘라 창자를 끄집어내었는데, 죽을 때까지 간함을 그치지 아니하였다. 마침내 연산주는 그 시체를 범에게 주고 조정과 민간에 처(處)자를 말하지 못하게 하였다.

『조선왕조실록』에도 김처선을 죽인 다음에 있었던 일들이 비교적 소상하게 적혀 있다.

우선 모든 백성들의 이름이나, 처(處)자가 사용되는 용어에서 '처' 자는 다른 글자로 바꾸게 했으며, 김처선의 양자 이공신(李公信)을 주살하였으며, 김처선의 부모의 무덤을 뭉개고 석물(石物)을 치우라 하였고, 김처선과 이공신의 처는 내사복시의 종으로 삼아 평생 동안 말을 먹이는 일에 종사하게 하였다.

위의 두 기록을 읽노라면 몇 가지 재미있는 일을 발견하게 된다. 내시도 경서와 사서에 통달한 사람이 있었고, 따라서 대감이라고 불리는 2품직에 오를 수가 있으며, 성불구자인 내시에게도 처 · 첩이 있으며, 성(姓)이 다른 양자를 들여서 후계자를 삼고 있다면 족보도 있었을 것이며, 게다가 부모의 무덤을 호화롭게 꾸밀 만큼의 재력이 있었다는 사실이 얼마나 흥미로운가. 그렇다면 내시의 실상에 대하여 좀더 소상히 살펴볼 필요가 있을 것이다.

5

내시가 일종의 신체장애자임은 누구나 다 아는 일이다.

그들이 장애자임은 확실하지만, 어디가 얼마 만큼의 장애인가하는 문제는 왕왕 논란의 대상이 되기도 한다.

첫째는, 성기인 남근과 고환 자체가 없다는 설과 둘째는, 남근은 있으나 고환만이 없어서(혹은 거세하여서) 오직 생식기능만이 없다는 설이다. 전자의 경우라면 성행위가 불가능할 것이지만, 후자의 경우라면 성행위는 얼마든지 가능하지만 생식기능만 없다는 것이 된다.

어찌 되었거나 소위 고자라고 불리는 장애자가 내시의 개념이 되겠지만, 여기에도 선천적인 고자냐 아니면 궁형(宮刑)과 같은 형벌에 의해 인위적으로 만들어진 고자냐 하는 것이 논란의 대상이 될 것이다.

이상의 상태, 즉 남근은 있으나 고환이 없다와 남근과 고환이 모두 없다는 두 종류의 장애자 중에서, 혹은 태어날 때부터의 고자와 인위적으로 만들어진 장애자 중에서 어느 경우가 내시에 합당할 것인가를 따진다면 논란의 여지가 얼마든지 있겠지만, 모두 내시의 요건을 갖추었다는 점에는 의심할 여지가 없을 것이다.

선천적인 고자, 다시 말하여 고자로 태어나는 것은 의학적인 문제이기에 내가 거론할 일은 아니나, 인위적으로 남근이나 고환을 거세하는 것으로 생식기능을 제거하게 된 연유나 배경에 대해서는 옛 기록을 상고해 볼 수가 있다.

인위적으로 고환을 잘라내어 고자를 만드는 것(거세를 하는 일)에는 세 가지 종류가 있다.

첫째는, 로마시대로 거슬러 올라간다. 그 시절 궁전에서 노래를 부르는 소년합창단이 있었는데, 소프라노 파트에 있는 소년들이 변성기를 맞으면서 목소리가 탁해졌던 탓에 좋은 화음을 유지할 수가 없었다. 잘 훈련된 화음을 더 오래 유지하기 위해서 변성기가 오기 전에 소프라노 파트의 소년들의 고환을 거세하기 시작하였다는 기록이 있다.

고환을 제거하면 호르몬 작용이 큰 변화를 일으키면서 수염이 나질 않고 목소리가 맑아진다는 의학적인 뒷받침까지 설명되어 있으니, 일단은 신빙성이 있는 기록(記錄)일 것임에 분명하다.

둘째는, 궁형이라는 형벌로 성적인 기능을 제거하여 임금의 여자들인 비빈(妃嬪)들의 시중을 들게 하거나 감시하게 한 경우이다. 내시는 아니지만 비빈들의 거처를 출입할 수 있었던 사마천의 경우가 여기에 해당될 것이다.

셋째는, 스스로 고자가 되기를 자청하여 남근과 고환을 잘라내고 내시가 되는 경우일 것이다. 여기에도 그에 합당한 여건이 마련되어 있었음에 유의할 필요가 있다.

우리 나라에서도 고려왕조의 초기까지는 내시가 고위관직을 겸직할 수 있었으므로 인위적으로 생식기능을 제거한 예가 있었을 것이지만 그 구체적인 기록은 찾기가 어렵다. 그러나 중국과 같은 큰 나라에서는 내시의 지위가 상서(尙書 : 조선시대의 판서와 같음)의 자리에도 오를 수 있었기에 선천적인 고자만으로 그 수요를 충당할 수가 없었다. 그러므로 남성을 상징하는 신체의 일부를 훼손해서라도 내시가 되는 것은 매력적인 일이 아닐 수 없었다. 사정이 이와 같다면 남근과 고환을 제거하는 시술이 은밀히 성해질 수밖에 없을 것이다.

기록은 남근과 고환을 제거하는 시술과정을 세밀하게 적어 놓지는 않았으나 "…남근과 고환을 제거하고 나서 요도에 밀대롱을 꽂고 재를 뿌린다. 상처가 아물고 밀대롱으로 오줌이 흘러나오면 시술은 성공한 것"이라고 적혀 있다. 이 과정은 오늘날 돼지를 거세하는 방법과 조금도 다르지가 않다.

시술은 성공하였다고 하더라도 절단된 부분은 어찌하는가. 더러는 찾아가기도 하고 더러는 시술한 곳에 맡겨 놓았다고 하는데, 어떤 방법으로 어떻게 보관하였다는 기록은 없어도 보관의 필요성에 대한 해답은 분명하다.

전통적인 동양사상에,

신체발부수지부모(身體髮膚受之父母)
불감훼상효지시야(不敢毁傷孝之始也)

라는 것이 있으니, 몸이며 머리칼은 물론이고 피부에 이르기까지 모두가 부모님이 물려주신 것이니, 감히 훼손할 수 없음이 효도의 시작이라는 뜻이고 보면 잘라 낸 남근이나 고환이 없고서는 죽어서도 관 속에 들어갈 수가 없다. 그러므로 고위관직에 오른 내시나 부를 누리게 된 고자들은 잘라 낸 부분을 비싼 값으로 다시 사들여야 했던 것이다.

우리 나라에서도 인위적으로 남근이나 고환을 제거하는 경우가 더러 있었다. 심산유곡에서 사는 화전민들이나, 극도로 빈한하여 입에 풀칠하기가 어려운 사람들이 갓 태어난 사내아이의 남근을 제거해 주는 것으로 가난에서 해방(내시라도 할 수가 있다면) 되기를 기원하는 풍조가 바로 그것이다.

이런 경우, 갓난아기의 남근에 명주실을 감아 놓으면 발육이 부진하다가 어느 시기에 이르면 떨어져 나가게 된다. 또 다른 경우는 고위관직에 있는 내시들이 후계를 위하여 양자를 들이고 거세를 하는 경우이다.

김처선의 양자가 성이 다른 이공신이며, 그의 행적이 『조선왕조실록』에 등재되어 있는 것으로 미루어 이를 입증할 수가 있는 것이다.

6

우리 나라의 내시들도 고려조 초기까지는 고위관직을 겸할 수가 있었음은 앞에서 거론한 바와 같지만, 그러자니 내시들이 자행하는 폐해 또한 이만저만이 아니었다.

내시는 군왕과 가장 가까운 거리에 있었기에 조정의 기밀을 누구보다도 소상히 알 수가 있었고, 각 정파 간의 반목과 대립도 정확하게 파악할 수가 있었다. 그러므로 각 정파나 문벌의 두령들은 내시를 매수하여 그들이 알고 있는 정보를 비싼 값에 사들일 수밖에 없었고, 또 군왕은 자신의 손발과 같은 내시들의 노고를 치하한다는 명목으로 토지와 재물을 자주 하사하였다.

내시가 대단한 부를 누리면서 여러 처·첩을 거느리고 호화롭게 살 수 있었던 것은 주변의 여러 가지 여건이 그들에게 위세를 제공해 주었기 때문이었다. 따라서 희대의 명신 서열에 내시가 있고, 희대의 간신 서열에도 내시가 있었기에 당나라는 내시 때문에 흥했고 내시 때문에 망했다는 고사가 있는 것이다. 또 『조선인물고(朝鮮人物考)』에도 명신란에 내시가 소개되어 있음을 본다.

고려조 공민왕(恭愍王) 때에 막강한 세도를 누리고 있던 최만생(崔萬生)이라는 내시는 끝내 공민왕을 침실에서 시해(弑害)하지를 않았던가. 바로 이같은 폐해를 방지하기 위해 조선조에서는 내시의 겸직을 허용하지 않으면서도 그들을 유용하게 쓸 수가 있었다.

내시부의 우두머리를 판내시부사(判內侍府事)라고 부른다. 관직의 위에 판(判)이 붙으면 판서의 지위와 같은 1품직이고 보면 실제로 장악하는 업무가 없다고 하더라도 대감으로 불리는 막중한 지위가 아닐 수 없다.

그런 판내시부사의 밑에 상선(尙膳)이 두 사람이니 모두 종2품이요, 상온(尙醞)과 상다(尙茶)가 각각 한 사람이니 이들은 정3품이다. 이 같은 서열로 종9품까지가 55명이요, 그 밖에도 수많은 무품의 내시가 있어 내시부의 정원은 140명으로 되어 있다.

내시들에게 성한 관리들보다 더한 세도(?)가 있었다는 사실은 명문대가에서 내시에게 다투어 딸을 주었다는 사실로 미루어 보면 더욱 자명해진다. 내시가 고자와 같이 성행위가 불가능한 것을 알면서도 귀애하는 딸을 그들에게 출가하게 하는 것은 딸을 팔아서 치부를 하거나 출세 길을 터보겠다는 탐욕이 아니고 무엇이겠는가.

내시 사위를 보는 명문가가 늘어나자 연산군은 10년(1504) 5월 14일, 의정부에 다음과 같은 전지를 내린다.

내시들이 외간 사람들과 상통하니 궁중의 일이 혹시라도 누설될 것인데, 더구나 인아(姻婭 : 양쪽 사돈가 동서간의 통칭)와 관계가 되는 자임에랴.

지금 내관들이 많이 조정 관원들의 친족들에게 장가를 들어 아내로 삼으니 그 사이에 어찌 인연으로 왕래하여 궁궐 안의 일을 전파함이 없겠는가. 내시의 처족(妻族)되는 조정관원은 외방으로 내보내어 서울에서 살지 못하게 하되 내관이 죽은 다음에야 서울로 돌아올 수 있음을 중외에 효유하라.

이 같은 전지에 따라 조사를 하였더니 내시를 사위로 맞은 사람은 첨지사 조한손 등 무려 32명으로 나타났고, 또 정효창(鄭孝昌)이라는 내시는 왕후의 친족에게 장가를 들었음이 밝혀지자 곤장 100대를 때려서 귀양을 보냈다고 『연산군일기』에 기록되어 있을 정도이다.

내시들의 비행을 미연에 방지하기 위해 내시들의 처족에 대해서는 이같이 엄하게 다스리면서도 내시 그 자체에 대해서는 관대하였다. 어차피 가까이에 두고 부려야 했기 때문일 것이리라.

사대부가 1품의 벼슬에 오르면 그 부모에게도 벼슬을 추증(追贈)한다. 이와 같은 예에 따라 내시들에게도 직첩이 높은 자에게는 그 어버이에게 직첩을 추증하라는 전지가 있는가 하면, 직첩이 높은 내시들이 출입할 때는 길을 인도하는 구종도 쓰게 하였고, 벼슬아치나 사림들이 내시를 무사하거나 업신여기면 엄히 치죄하라는 전교까지 있었던 것으로 보아서 내시의 위세가 결코 만만치 않았음을 알 수가 있다.

내시와 궁녀들과의 사랑이 발각되어 대궐을 쫓겨난 사례가 있다면 고자가 아닌 가짜 내시가 있었다는 것이 된다.

연산군 10년(1504) 9월 7일 조의 『연산군일기』에는 다음과 같은 전교가 등재되어 있다.

환관 이경(李璟)과 석극산(石克山)을 전의감(典醫監) 관원을 시켜 그들의 음근을 상고해 보도록 하라.

얼마나 놀라운 일인가. 이 기사의 내용으로 미루어 본다면 성한 사람이 궁궐에 잠입하여 내시 행세를 하고 있었음이 아니고 무엇인가. 그 실례로 연산군은 가끔 전체 내시들의 바지를 내리게 하고 공개리에 그들의 하초를 살폈다는 기록 또한 『연산군일기』에 등재되어 있음에랴.

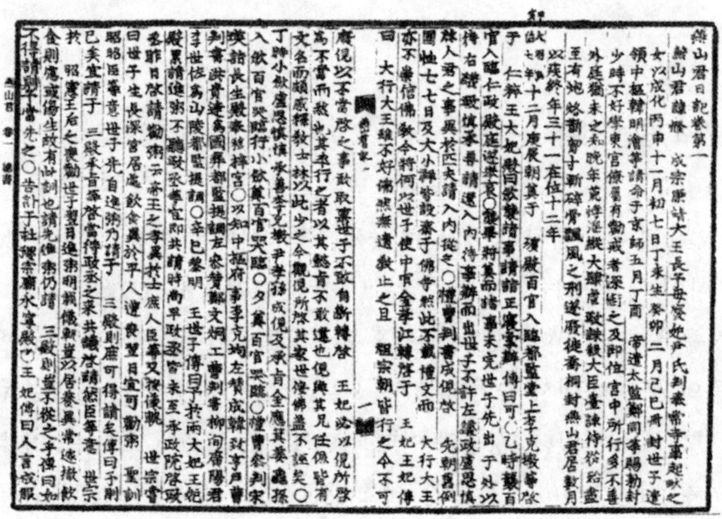

↑연산군일기(燕山君日記) 연산군 제위 13년간(1494년~1506년)의 실록, 총 63권 63책(주자본). 임금에서 폐위되었으므로 일기라고 이름 붙였다. 1506년(중종 1년) 편찬이 시작되어 1509년에 완성되었다. 체재면에서 실록과 다름없으며 규장각 등에 소장되어 있다.

年譜로 보는 燕山君의 생애

■ 1476년 성종 7년(1세)

11월 7일 삼경 오점(0시가 조금 넘은 시각), 조선왕조 9대 임금 성종(成宗)과 후궁에서 중전이 된 윤씨(尹氏) 사이의 적장자로 태어났다. 아이 때 부르는 이름은 무작금(無作金). 이름은 융(㦕).

성종은 첫 중전이었던 공혜왕후(恭惠王后) 한(韓)씨를 여읜 후 후궁들의 투총 속에서 숙의(淑儀) 윤씨를 중전으로 맞아, 우여곡절 끝에 연산군을 얻었다. 성종의 이때 나이 19세. 보위에 오른 후 이 해 봄까지 대왕대비(大王大妃)인 세조비(世祖妃) 정희왕후(貞喜王后)가 수렴청정(垂簾聽政)을 하고 있었고, 예종비(睿宗妃) 안순왕후(安順王后)가 왕대비(王大妃)로, 그리고 성종의 어머니인 인수대비(仁粹大妃)가 있어 정사에 큰 영향을 주고 있었다. 특히, 인수대비 한씨는, 세조의 세자빈으로서 다음 대의 중전이 될 막강한 자리에 있다가, 세자(德宗으로 추존)가 죽고 그 아우 예종이 보위에 오르자 궐 밖으로 나가 한낱 수빈(粹嬪)으로 지낸 뒤, 예종이 승하하고 성종이 보위에 오르게 되자 다시 궁 안으로 들어와 아직 어린 성종에게 매우 큰 영향력을 행사하고 있었다.

■ 1477년 성종 8년(2세)

2월 21일. 연산군이 창진(瘡疹)인 듯한 병을 앓자 성종은 종묘(宗廟)·사직(社稷)·목멱산(木覓山) 등에 기도를 드리도록 명했다.

여기서 병의 차도가 없자, 이조판서 강희맹(姜希孟)의 집에 피병(避病)을 갔다. 피병이란 못된 병을 피해 장소를 옮기는 것을 말하는데, 당시에 왕자나 임금·비빈들이 병이 나면 피병하는 일이 잦았다. 만일 피병지에서 불행한 일이 생기면 아무리 간병(看病)에 최선을 다했다 해도 평생을 죄 지은 마음으로 지내야 한다. 피병지로는 왕족이나 중신들의 집을 택한다.

이때 원자의 피병지가 된 이조판서 강희맹의 집은 명문(名門)인데다 그의 아내 안(安)씨는 효와 덕으로 알려진 부인이었다. 원자가 실 꾸러미를 삼켜 목숨이 위험했을 때 안씨 부인이 구해 냈다는 얘기는 유명하다.

또 원자가 강희맹의 집 정원 소나무 밑에서 놀곤 했었는데 뒷날 왕위에 오른 후 그 소나무에 벼슬을 내렸다. 금띠를 소나무에 둘러주고, 문 앞을 지나가는 사람들을 말에서 내리게 했는데, 그 문의 이름을 피마병문(避馬屛門)이라고 했다.

3월 14일. 중전 윤씨가 친잠례(親蠶禮)를 행하는 날인데, 이 날 윤씨는 나인을 시켜 자신을 투기하고 성종의 마음을 현혹시키는 후궁을 제거하기 위해 비상(砒霜)과 방양서(方禳書)를 가져오게 했다. 윤씨의 나인 삼월이는 윤씨 일문과 짜고 투서로써 후궁들이 중전과 원자를 해치고 있다고 소문내게 하고, 비상과 방양서를 구해 준다. 비상 바른 곶감과 굿하는 방법이 적힌 방양서를 중전의 침실에서 발견한 성종이 격노하고 이를 안 삼대비 역시 대노하여 윤씨는 폐출 위기까지 몰린다.

3월 29일. 삼대비의 후원을 받은 성종이 중전 폐출을 명했다. 이때 윤씨는 수빈(壽嬪)으로 강등되고 자수궁(慈壽宮)으로 쫓겨갈 위기에서 승지(承旨) 임사홍(任仕洪) 등의 도움으로 극적으로 복위된다. 그러나 이 날 이후 윤씨는 말만 중전일 뿐이지 성종과 삼대비로부터 철저히 따돌림을 받게 된다. 특히 성종은 아예 중전을 무시하고 생일날에도 연회를 열지 못하게 했으며 원자도 만날 수 없도록 한다. 자신은 다른 후궁들과 시첩의 방만 찾으니 윤씨와의 불화는 설명할 필요도 없다.

■ 1479년 성종 10년(4세)

6월 1일. 원자의 모후 윤씨의 생일이었는데, 연 3년째, 이 날도 성종은 하례(賀禮)를 정지하게 했다. 저녁에 성종이 시첩의 방에 있다는 얘기를 듣고 윤씨가 그 방으로 뛰어든다. 여기서 윤씨는 성종의 얼굴에 생채기를 내는 대사건을 저지른다.

6월 2일. 마침내 윤씨 폐위를 결정하고 사저로 내쳤다. 윤씨가 궁에 든 지 6년이고 곤위(壼位)에 오른 지 4년이었다. 처음엔 윤씨 어머니 신(申)씨와 함께 사는 것만 허락하였다가 뒤에 오라비 삼형제의 출입까지 허락하였다.

이 무렵 원자가 피병을 마치고 환궁한 것으로 보인다.

■ 1480년 성종 11년(5세)

11월 8일. 윤호(尹壕)의 딸로서 숙의가 되어 있던 윤씨가 중전으로 정식 책봉된다.

이럴 무렵 사저로 내쳐진 윤씨 일문에서 거듭 복위의 꿈을 버리지 않고 여러 가지 행동을 꾸며댄다. 폐비의 집에 도둑이 들었다는 소문, 폐비가 문 밖 출입을 하고 있다는 소문 등이 나돌아, 성종과 삼대비는 여러번 행실을 조심하라는 언문(한글로 된 서한)을 내린다. 윤씨 삼형제를 하옥시키기도 했다.

■ 1481년 성종 12년(6세)

8월 16일. 마침내 윤씨에게 사사(賜死)를 명했다. 좌승지 이세좌(李世佐) · 내관 조진(曺疹) 등이 명을 받들었다. 이때의 사약이 비상이었다. 윤씨 삼형제는 각각 외방에 유배되고, 신씨는 폐비를 건원릉(建元陵) 가는 길에 염장한 뒤 큰아들 구(溝)의 유배지 장흥(長興)으로 유배된다. 건원릉(현재 경기도 양주 땅에 있는 東九陵)은 태조 이성계의 능침이다. 그 길목에 생긴 초라한 무덤. 이 무덤 속에서 폐비 윤씨는, 건원릉에 제사 올리러 가는 연산군의 모습을 볼 때마다 울었을 것이다.

폐비 윤씨 사사에 얽힌 많은 일화 중에, 좌승지 이세좌의 경우를 소개한다. 승지란 임금의 전지를 받들어 전하는 역할을 하는 사람일 뿐이지만, 이때는 죽음의 사자가 될 수밖에 없었다. 윤씨의 염장까지 지켜보고 오라는 어명을 행하고 이튿날 늦게서야 집에 돌아온 이세좌에게 그 부인이 물었다. "조정에서 계속해서 폐비의 죄를 논한다고 하던데 어찌될 것 같습니까?" 이에 세좌는 풀이 죽어 대답했다. "지금 내가 어명을 받들어 사약을 내리고 오는 길입니다." 부인은 깜짝 놀라 일어나 앉으면서 "슬프다, 우리 자손이 종자가 남지 않겠구나. 어머니가 죄도 없이 죽음을 당했으니 아들이 훗날 보복하지 않겠는가. 조정에서 장차 원자를 어떤 처지에 두려고 이런 거조(擧措)를 하는 것입니까!"하며 통곡했다. 뒷날 폐비 사사에 관련된 자가 모두 화를 입게 되는데 이세좌도 그의 아들과 함께 죽게 된다.

■ 1482년 성종 13년(7세)

2월 6일. 원자가 세자로 책봉되었다. 당대의 정승·학자들이 세자 사부(師傅)·빈객(賓客)이 되어 세자의 학업을 돕는다.

허침(許琛)과 조지서(趙之瑞)는 연산군 세자 시절 각각 필선(弼善)과 보덕(輔德)으로 있었던 사람들이다. 강(講)의 방법이 허침은 부드러워 어린 세자를 융통성 있게 가르쳤고 조지서는 강직해서 일체의 나태함도 용서하지 않았다. 세자는 이를 두고 '趙之瑞大小人也 許琛大聖人也(조지서는 큰 소인이고, 허침은 큰 성인이다)' 라는 말로 자신의 심경을 표현했다. 뒷날 갑자년(甲子年) 사화 때 조지서는 베임을 당하고, 허침은 여러 사람을 구했으나 그 역시 울화로 피를 토하다가 죽고 만다.

6월 3일. 세조비 정희왕후가 죽었다. 성종은 정희왕후 등 삼대비를 편히 모시기 위해 창경궁(昌慶宮)을 새로 짓고, 연회도 자주 열었다. 뒷날 연산군이 주색에 빠지게 된 것이 어릴 때부터 연락(宴樂)과 가까웠기 때문이라고들 한다. 실제로 정희왕후가 죽은 다음해 완공된 창경궁은 연산군의 환락의 놀이터가 된다. 기타 월산대군(月山大君)의 풍월정(風月亭)은 월산대군의 처 박씨를 찾아 범하게 하는 불륜의 연회장이 되기도 하고, 임사홍의 아들 풍원위(風原尉) 임숭재(任崇載)의 풍광 좋은 집, 제안대군(齊安大君)의 집 등은 연산군의 잦은 연회지로 제공되어야 했다.

■ 1488년 성종 19년(13세)

3월 1일. 병조판서 신승선(愼承善)의 딸을 세자빈으로 맞았다. 혼인 때 아침부터 비바람이 일어 모두들 언짢게 여기고 있는데, 성종이 신승선의 집에 어서를 내렸다. "세상의 풍속은 혼인날에 바람 불고 비 오는 것을 싫어하는 모양이나 대개 바람이 만물을 움직이게 하고 비가 만물을 윤택하게 하니 만물이 사는 것은 모두 바람과 비의 공덕이라." 어서를 내리고 나자 오후부터 비가 개어 무사히 혼례를 마칠 수 있었다. 세자빈 신씨에게는 수근(守勤)·수영(守英)·수겸(守謙) 세 오라비가 있었는데, 아버지 신승선은 성종조에 영의정까지 오르고, 세 오라비는 연산조에 각각 좌의정, 형조판서, 개성유수를 지내게 된다. 그 세도 부림이 도가 지나쳤기 때문에 연산군이 축출될 때 신씨 일문 또한 큰 화를 입는다.

■ 1489년 성종 20년(14세)

7년 동안 방치해 두었던 폐비 윤씨의 무덤을 〈윤씨의 묘〉라 칭하게 하고, 속절(俗節)에 제사를 지낼 수 있도록 하고는 백 년 뒤에도 명을 고치지 못하도록 명했다. 그러나 윤씨 일가가 모두 유배 중이라, 속절이 되어도 제사 지내는 이 없어 연산군 2년 무렵에 가면 윤씨 묘는 허물어질 형국이 되어 있었다.

연산군의 세자 시절 행적 기록은 그다지 많은 편이 아니다. 물론 연산군이 축출된 임금이 아니라면 더 정확한 많은 기록이 있었을 것이다. 남아있는 기록은 대체로 광포한 기질에 관한 것이다. 그 중 『연려실기술』의 것을 소개한다.

일찍이 성종이 사향사슴 한 마리를 길렀는데 길이 잘 들어서 항상 곁에 따라다녔다. 어느 날 세자가 성종을 모시고 있었는데 그 사슴이 와서 세자를 핥았다. 세자가 발로 사슴을 차니 성종이 불쾌해서 "사람이 좋아 따르는 짐승을 너는 어찌 잔인스럽게 대하느냐!" 고 소리쳤다. 뒷날 연산군은 이 사슴을 활로 쏘아 죽였다.

■ 1494년 성종 25년(19세)

12월 24일. 성종이 승하했다. 29일 연산군이 뒤를 이어 보위에 오르니 조선왕조 11대 임금이다. 임금이 되자마자 연산군은 성종의 혼령을 위로하기 위한 수륙재(水陸齋)를 올릴 것을 명한다. 불가에서 물, 뭍의 여러 귀신들에게 음식을 차려 올리며 경을 읽는 행사가 수륙재라 성종 밑에서 숭유(崇儒)를 행해온 삼사(三司)에서 반대하고 나섰다. 연산군이 이를 묵살하고 재를 강행하게 됨으로써 유림이 들고 일어났고, 연산군은 이에 귀양형 · 장형 등 강경책으로 맞섰다. 이때 연산군과 유림 세력 간에는 크게 금이 가 있었다.

■ 1495년 연산군 1년(20세)

3월 16일. 성종의 묘지문(墓誌文)을 보고 처음으로 자신의 친모가 죄를 짓고 폐위되어 죽은 것을 안다.

4월 11일. 폐비 · 사사 · 묘 이름 정할 때의 사실을 모두 알게 된다.

9월 20일. 안치된 폐비 윤씨의 어머니 신씨와 윤씨 삼형제를 풀어주었다.

■ 1496년 연산군 2년(21세)

윤 3월 13일. 내시를 시켜 폐비 묘를 살펴보게 하니 "묘소가 무너진 채 여러 해를 수축하지 않아 장차 해골이 나와 여우와 삵에게 먹힐 지경이다"하여 천장(遷葬)하라는 명을 내린다. 이는 성종의 유교를 저버리는 일이라 삼사의 관원 · 유림들의 반대 상소가 빗발쳤다.

■ 1497년 연산군 3년(22세)

4월 9일. 폐비의 묘가 이장되고 신주와 사당이 세워져 그 이름이 효사묘(孝思廟) · 회묘(懷墓)로 붙여진 이날까지 반대 상소는 이루 말할 수가 없을 만큼 많았다. 대간들의 상소 · 복합(腹閤) · 사직(辭職)은 선왕의 유교를 받들자는 뜻에서는 옳았으나 당대의 임금 연산군에게는 더할 수 없는 원한(怨恨)으로 가슴에 새기게 했다.

여기에 대간들의 미움을 받아 여러 차례 귀양길에 들었던 임사홍을, 그 아들 임숭재와 가까웠던 까닭에 중용코자 했으나 또 유림세력과 부딪쳐 이래저래 연산군에게는 유림 세력과 마찰이 있을 수밖에 없었다.

12월 18일. 원자 황(憘)을 낳자, 사면 · 복직령을 내리는데 임사홍의 직급이 따라서 높아졌다. 이 무렵 성종 때 탄핵을 받아 중책에 쓸 수 없도록 하명한 바 있는 유자광(柳子光)도 모친상을 마치고 돌아와 충훈부(忠勳部)에 속해 있었다.

■ 1498년 연산군 4년(23세)

7월 1일. 이른바 무오사화(戊午士禍)의 시작이다. 성종실록 편찬 시 성종 때 사관이던 김일손(金馹孫)의 사초에서 세조의 왕위 찬탈, 세조의 불륜 행각과 소릉(단종 어머니의 묘) 복구에 관한 기록이 있었다는 사실이 기초되어 김일손이 붙잡혀 옴으로써 피바람이 일기 시작했다. 당시 검열된 몇 개의 사초에서 그와 비슷한 내용이 나오고 특히 영남학파의 거두 김종직(金宗直)의 조의제문(弔義帝文)이 인용되었다는 점에서 사초와 관련있는 김종직의 문하생들은 조종(祖宗)을 멸시한 대역죄로 몰리게 되었다. 조의제문은 세조가 단종(端宗 · 당시 魯山君)을 몰아내고 왕위에 오른 것을 한(漢)의 유방(劉邦)이 초(楚)의 회왕(懷王)을 친 것에 비유한 글이다. 여기에 또한 김일손의 사초에 "정의왕후의 국상 중에 이극돈(李克墩)이 장흥 관기를 가까이 했다"는 기록이 있어 당시 좌찬성으로서 실록청 당상이 되어 성종실록 편찬에 관여하고 있던 이극돈이 이 사실을 접하고 격노하여 그 부분을 삭제코자 함으로써 실록 편찬의 낭청(郎廳)이던 이목(李穆) · 권경유(權景裕) 등의 미움을 사는 등 김일손의 사초는 대사건의 불씨가 될 소지를 충분히 갖고 있었다. 또한 유자광은 사적으로 김종직과 그 제자들에게 멸시받아온 처지인 데다가 이극돈의 비밀까지 알고 있어서 여러모로 권위 회복의 일대 전기를 마련할 시기였다.

연산군은 유자광 · 윤필상(尹弼商) 등으로부터 사초에 관한 모든 일을 전해 듣고 이때를 버릇없는 신진사류의 기세를 꺾는 최적기로 생각한 듯하다. 죽은 김종직으로부터 그의 제자 김일손 · 이목 · 권경유 · 성중엄(成重淹) · 강경서(姜景敍) · 이수공(李守恭) · 강경(姜

謙)·임희재(任熙載)·허반(許磐) 등은 항상 자신에게 반대만 해온, 아직 새파란 말단관리나 신진관리들, 아니면 현실을 모르고 명분만 따진 유생 출신들이었다. 이들을 제거하는 일이 연산군으로서는 더 없이 좋은 일이었을 것이다.

이런 여러 가지 복합적인 일에 관련되어 무오사화가 일어난 것이지, 결코 그 원인이 이극돈의 사감, 유자광의 사감, 연산군의 병적인 폭정 등 단순한 말로써 설명될 수 없는 대사건이었다.

7월 26일. 김종직 부관참시, 김일손·권오복·권경유 능지처사, 이목·강겸·허반 등의 주살이 명해졌다. 이어 김종직의 불온 서책, 문제의 사초들을 모두 불태우는 것 등과 이 7월의 사건에 격분하고 모의하던 어린 유생, 즉 유학(幼學) 10여 명까지 뒤이어 처형되는 등으로 이 사건은 일단락 된다.

이에 반해 유자광·윤필상 등은 연산군의 두터운 신임을 받게 되었으니, 무오년에 훈신들에 의해 신진사류가 화를 입었다 하여 무오사화(戊午士禍)라고도 하고, 사초가 발단되어 일어난 것이라 해서 무오사화(史禍)라 하기도 한다.

뒷날 사관들은, 성종 9년(1478) 무술년에 유자광·임사홍이 유배된 일과 이 무오사화를 두고 이렇게 말했다. "무술의 옥은 정류(正類)가 사당(邪黨)을 다스린 것이요, 무오사화는 사당이 정류를 모함한 것이다."

한편, 이때 사화의 여파로 유배 길에 오르는, 임사홍의 둘째아들 임희재는 다음과 같은 시로써 연산의 폭정을 비난하여, 후일 이 시가 연산군에게 보여져 갑자사화 때 죽음을 당한다. 그 시는 이렇다.

祖舜宗堯自太平 요순을 본받으면 저절로 태평할 것인데
秦皇何事苦蒼生 진시황은 무슨 일로 백성을 괴롭혔는지.
不知禍起蕭墻內 재화가 집안에서 일어날 줄 모르고
虛築防胡萬里城 공연히 오랑캐를 막으려고 만리장성을 쌓았구나.

연산군의 광포한 기질은 무오사화 때부터 나타난 것으로 보인다. 갖가지 고문과 형벌도 이때부터 다양화되어 도적의 무리가 전국에서 창궐하던 연산군 6년을 거쳐 연산군 10년 갑자사화 때까지 가면 극에 달한다.

12월 23일. 안순왕대비(예종비) 한씨가 승하했다.

■ 1499년 연산군 5년(24세)

1월. 원자 황이 천연두를 앓는다. 월산대군의 집에 피병을 간 듯하다.

2월. 무오사화를 전후해서 특진관(特進官)으로서 연산군과 가까이 지내며 도총관(都摠管)으로 병권을 흔들던 유자광이 뇌물사건과 관련, 탄핵받아 물러난다.

3월. 편찬 과정에서 사화를 불러일으켰던 성종실록이 완성되었다.

5월. 월산대군의 처 박(朴) 씨에게 콩 50석(石) 등을 주었다. 월산대군은 성종의 형인데 풍류를 좋아했다. 풍월정이 그의 집에 있었는데, 이곳에서 연회하는 일이 잦았다. 월산대군은 이미 성종 19년(1488), 연산군 13세 때 죽었고 그 처 박씨가 후사도 없이 혼자 있으면서, 피병 온 원자를 간병했다. 전부터 탐할 뜻이 있던 연산군이 박씨를 처음 범한 것이 이 무렵인 듯하다.

이후, 연산군이 박씨를 위하는 여러 가지 조치를 취해 준다. 재물을 내리고 박씨 동생 박원종(朴元宗)에게도 많은 혜택을 주었다. 대간들이 이를 두고 끈질기게 반대 상소를 올리지만 듣지 않는다. 원자의 피병지가 월산대군의 집이었다는 사실 또한 주목거리다.

연산군의 탐욕 생활이 이때부터 극성스러워진 듯하다. 임사홍의 아들 임숭재, 연산군에는 숙부가 되는 제안대군(齊安大君) 등이 연산군의 탐욕을 채워주는데 일익을 담당했다. 궐 안의 정자는 연산군의 주연, 아니 기녀들의 알몸놀이장이 되었다.

■ 1500년 연산군 6년(25세)

1월. 자순대비(慈順大妃. 성종비)의 장자 진성대군(晋城大君. 후일의 중종)이 신수근의 딸과 혼인하여 사저로 출합(出閤)했다. 연산군의 처남 신수근에 의해 진성대군이 보호된 셈이다.

이 해 문경새재 부근에서 도적 홍길동(洪吉同)의 무리가 창궐했다. 6월 21일. 홍길동이 잡히지만, 이후 오랜 세월 홍길동은 도적들 세계에서 신화적 인물로 기억된다.

■ 1501년 연산군 7년(26세)

7월. 율려습독관(律呂習讀官) 어무적(魚無跡)이 시국에 관한 상소를 올렸다. 어무적은 부(賦)에 뛰어난 문학자였지만 서얼이라 천대받았다. 백성들이 핍박받는 내용의 부를 썼다가 쫓겨다니는 신세가 된다. 그의 글 몇 편이 남아 전해온다.

이 해쯤 연산군은 제안대군 사저의 가비(家婢)였던 장녹수(張綠水)를 궁에 받아들여 후궁으로 삼았다. 품계를 뛰어넘어 녹수는 내

명부로서 높은 지위의 후궁이 되어 갖은 세도를 다 부린다. 이미 색에 눈이 멀어버린 연산군은 장녹수가 행하는 모든 뇌물사건을 덮어주고 원하는 집은 아무 집이나 장녹수에게 주었다.

■ 1502년 연산군 8년(27세)

원자 황이 세자로 책봉되었다. 이때까지 황은 월산대군 저에 있다가 돌아온다.

■ 1503년 연산군 9년(28세)

연산군에게는 약간의 자폐증세(自閉症勢)가 있었던 듯싶다. 창덕궁 후원에서 갖가지 기이한 연회를 벌이다가 궐 밖의 가까이 있는 집을 모두 허물게 했고, 도성 밖 인가를 백리 밖으로 내쫓고 그 곳을 사냥터로, 연회장으로 활용하는 등 백성들이 가까이 오는 것을 싫어했고, 오직 알몸의 여인들만 옆에 두려 했다. 이때 없어졌다 후에 다시 생긴 고을이 양주(楊洲) · 파주(坡洲) · 고양(高揚) 등이다. 내시들이 따라와 바른 소리를 간하는 것이 듣기 싫어 〈신언패(愼言牌)〉를 목에 걸게도 했다. 신언패의 글은 이렇다.

口是禍之門	입은 재화를 부르는 문
舌是斬身刀	혀는 목을 베이는 칼

연산군 말년에는 중신들도 이 신언패를 차야 했다.

■ 1504년 연산군 10년(29세)

전국에서 이름난 기생들을 모두 뽑아 궁에 두었으니 궁은 기녀들의 세상이었다. 중신들의 부인들을 초대하여 연회를 베풀고 그 중 미모가 나은 부인을 범하기도 했다. 미인을 구하는 일에는 임사홍 부자가 주로 담당했는데, 그 때문에 대간들의 탄핵 상소에도 불구하고 임사홍 부자는 옛 직위를 회복하여 연산군의 측근에 있게 된다.

3월 20일. 연산군이 임사홍 부자의 도움으로 폐비 윤씨의 생모 신씨를 만나 폐비 때의 일을 얘기 듣는다. 다음날 새벽, 폐비사건 당시 성종의 후궁이었던 정귀인 · 엄귀인의 투총과 크게 관련이 있었음을 안 연산군은 두 여인을 잡아들여 그 아들들을 시켜 때려죽이게 했다. 죽은 여인의 몸을 다시 형체도 없이 찢게 했다. 이어 연산군은 몸이 편치 않은 인수대왕대비에게로 달려가 폐비의 일을 격렬하게 항의했다. 이 충격으로 쓰러진 인수대왕대비는 그로부터 한 달 뒤에 세상을 떠났다. 폐비 사사(賜死)에 관련된 모든 사람을 들추어 처벌하게 된 이 사건. 이미 무오사화 때 귀양간 사람들까지 주살당하고, 그 이전에 죽은 한명회(韓明澮) · 정창손(鄭昌孫) 등도 폐비 사사 때 반대하지 않았다 해서 부관참시 당하는 이 사건. 이것이 갑자사화(甲子士禍)이다.

이 공으로 임사홍은 병조판서가 되어 더욱 막강한 세도를 부린다.

■ 1505년 연산군 11년(30세)

4월 내시 김처선(金處善)이 연산군의 추태를 보지 못하고 간하다가 어전에서 연산군이 쏜 화살에 맞아 죽었다. 김처선은 내시로서 정2품 벼슬에 있었다. 연산군에게 "늙은 놈이 네 임금을 섬겼고 경서와 사서를 대강 알지만 고금에 주상전하 같으신 분은 처음 보겠습니다" 하니 연산군이 화가 나서 활로 김처선의 갈빗대를 맞혔으나 김처선은 "신은 죽음을 두려워 않습니다. 다만 전하께서 보위에 오래 머물지 못함이 안타까울 따름입니다" 했다. 또 연산군의 화살이 몸에 맞아 무릎을 꿇자 연산군이 "일어나 걸어라 이놈!" 했다. "주상 전하께선 다리가 부러져도 일어나 다니실 수 있겠습니까?" 라고 김처선이 말하자, 연산이 그 혀를 끊고 배를 갈라 창자를 끄집어 내게 했다. 시체를 범에게 주고 처(處) 자를 못 쓰도록 명했다. 김처선의 아들 이공신(李公信)도 죽이고 가산을 적몰했다.

■ 1506년 연산군 12년(31세)

7월. 월산대군 처 박씨가 죽었는데, 사람들은 "왕에게 총애를 받아 잉태되었으므로 약을 먹고 죽었다" 고 말했다. 그 아우 박원종이 이 무렵 거사를 결심한 듯하다.

여름, 가을 도적의 무리가 수없이 창궐하고 귀양간 사람들마저 무리를 이루어 화적떼가 되는 등 해서 도성을 치려 했다. 그 중 대표되는 이가 이장곤(李長坤)이었는데, 이 무리가 클 것이라는 풍문이 있었고, 연산군마저 이장곤에 대한 시를 쓸 정도였다.

9월 1일. 성희안(成希顔) · 박원종 등이 연산군을 몰아내고 진성대군을 추대하여 보위에 올리는 것을 주골자로 하는 거사 계획을 실행에 옮겼다. 며칠 전 연산군은 마치 자신의 종말을 예감이라도 한 듯 "인생은 초로(草露)와 같은 것, 만날 때가 많지 않은 것" 이라는 말을 하고 눈물을 흘렸다. 민심이 이미 기울어진 때라 박원종 · 성희안 · 신윤무(辛允武) · 유순정(柳順汀) · 홍경주(洪景舟) · 김감(金勘) 등의 혁명 주체 세력들의 움직임은 가는 곳마다 막힘이 없었다.

임사홍이 이름도 없는 민중들의 발길에 죽어갔고(임숭재는 그 전에 병으로 죽고 없었다), 신수근 형제와 연산군에게 총애받던 궁녀들의 가인(家人)들도 무차별 참수되었다. 연산군도 옥새를 내놓았고, 진성대군은 그의 어머니 자순대비의 재가에 의해 임금으로 추대되었다. 조선왕조 11대 임금 중종(中宗)이 바로 그다. 뒤늦게 혁명세력에 동조한 유순(柳洵)이 영의정이 되었고, 좌의정도 역시 연산군 시절 우의정을 지내면서 많은 살상을 막아왔고 거사 당시에도 다른 뜻 없이 인명피해를 막는 데 더 힘쓴 김수동(金壽童)이 되었으며, 거사의 핵심 박원종이 우의정이 되었다. 이때 유자광은 거사 세력에 붙어 반정 1등공신이 되어 마지막 세도를 누린다.

연산군은 처음에 동궁(東宮)으로 밀려났다 강화도 교동(喬桐)으로 쫓겨나고, 신씨 또한 폐비의 몸이 되어 정청궁(貞淸宮)으로, 폐세자된 황은 강원도 정선으로 각각 쫓겨났다. 이 사건이 조선왕조 최초의 반정, 중종반정이다.

진성대군 시절 신수근의 딸인 부인 신씨 덕으로 살아남아 보위에까지 오른 중종은, 그 부인이 역신의 딸이라는 이유로 정식 중전 책봉을 하지 않은 채로 폐비시키고 새 중전을 맞아야 했는데, 그 폐비 신씨가 죽을 때까지 중종이 있는 곳을 바라보며 살다 간 자리(후일 延禧宮이 들어선다)엔 〈치마바위〉의 이야기가 남아 전하고 있다.

9월 3일. 폐위된 왕을 〈연산군〉으로 봉했다.

9월 10일. 중종은 연산군의 재위 시절 만들어진 것으로 보이는 연산군의 자제시집(自製詩集)을 불태우게 했다. 연산군은 임사홍 등으로 하여금 어제시집 간행 도감을 설치했고, 도승지 강혼(姜渾) 등으로 하여금 시를 쓸 때마다 화답(시에 대한 평가 또는 감상)하게 하는 등으로 시작에 관심이 많았는데, 반정 후 그에 대한 많은 기록과 시들이 불태워져, 간신히 왕조실록 『연산군일기』에서만 그의 시를 찾아낼 수밖에 없다.

11월, 강화도 교동에 위리안치된 연산군은 역질에 걸려 중종이 보낸 약을 여러 차례 복용하다가 6일 하직했다. 중종은 왕자군(王子君)의 예로 장사지내게 했고, 연산군을 수발했던 수행시녀는 3년간, 수행한 방자들에게는 백일 간 상복을 입게 했고, 중종 자신은 3일 동안 소선(素膳)을 들었고 경연을 정지했다.

왕조실록에는 강화 교동에서 장사를 치른 것으로 되어 있으나 연산군의 무덤은 그의 아내 신씨의 무덤과 함께 서울 도봉구 방학동에 위치해 있다. 〈燕山君之墓〉라고 새겨진 빛바랜 대리석 비면 뒤에는 〈正德 八年 二月二十日葬〉이라 씌어 있다. 정덕 8년이면 1513년이니까, 연산군이 죽은 지 7년만에 이장했다는 것이다.

燕山君의 詩 125편

- 절구 112편
- 율시 8편
- 연 4편
- 악장 1편

많은 근심

기침은 심하고 근심은 많으니
지친 마음 그치지 않아
이리저리 뒤척이며
밤새 잠을 못 이루네.
간관들은
종묘사직 중한 것은
생각지도 않고
소장이란 소장마다
경연에만 나오라네

• 1496년(연산 2년) 11월 23일 작시

咳深煩多困氣緜

耿耿終夜未能眠

諫官不念宗社重

每上䟽章勵經筵*

* 경연(經筵) : 임금 앞에서 경서를 강론하는 자리.

■ 연산군 2년 무렵, 연산군이 경연에 나가지 않고 공부에 게으름을 피우는 일이 잦자 경연을 계속하고 군왕의 도리를 다하라는 간관들의 상소가 빗발쳤다. 연산군은 지긋지긋한 상소에 대한 불쾌감을 시로 적어 입직승지에게 내렸다.

어찌 이 날

어찌 이 날
술 내리기를 사양하리.
잔뜩 취해 오거든
나를 위로하여라.

• 1499년(연산 5년) 3월 3일 작시

那辭此日伻宣醞*

酩酊歸來吊上天

* 선온(宣醞) : 임금이 신하에게 내리는 술. 궁온(宮醞).

■ 삼월 삼짇날 홍문관 관리들에게 중흥동(中興洞)에 나가 답청(踏靑)하게 하며 내린 시이다. 답청이란 봄에 파란 풀을 밟고 걷는 것을 말하는데, 삼짇날 이 일을 하는 풍습이 있어 이 날을 답청절이라고도 한다.

기쁜 마음

기한제 끝났으나
센 바람 불어오네.
하늘이 정성에 감동하여
곧 보답하시리.
내 술과 안주로
기쁜 마음 표하노니
얼근하게 취하거든
내 시에 화답하오.

• 1499년(연산 5년) 12월 1일 작시

祈寒初畢凜風吹
天感微誠報片時
我以醪殽欣意諭
不妨沈醉謹賡詩

■ 연산군이 기한제(祈寒祭)를 지낸 후 추위가 심하다고 하여 술과 함께 이 절구를 승정원에 내리고 그 끝에 이렇게 썼다. “정원에서만 알고 번거롭게 전하여 말하지 말라.” 승지 · 주서(注書) · 한림(翰林) 등이 각기 이에 응하는 시를 지어 올렸다.

어진 정승들이여

길은 멀고 땅은 미끄러워
다니기 어려운데
충성심 가시지 않아
대궐에 나왔구려.
비노니 어진 정승들이여,
나의 잘못을 살펴주고
복령(茯笭)과 대춘(大椿)처럼
오래오래 사시오.

• 1499년(연산 5년) 12월 31일 작시

路遙地滑最難巡
不却誠忠詣紫宸*
予冀賢公遺闕補
還期年齒似苓椿**

* 자신(紫宸). 임금이 정사를 보는 궁전, 즉 편전(便殿)
** 복령(茯苓), 대춘(大椿). 복령은 소나무 뿌리에 기생하는 버섯류의 식물, 대춘은 고대의 장수(長壽)하는 큰 나무 이름. 두 낱말 모두 남의 장수를 축하하는 말로 쓰임.

■ 연산 5년 세밑, 당시 신구 정승이던 노신 윤필상 · 한치형 · 성준 등이 임금의 장수를 축원하며 문안하자 연산군이 내린 절구. 『연산군일기』에 12월 31일 작시된 것으로 기록되어 있다.

삼짇날 승정원에

삼짇날
봄바람 부는 서울 거리에
새 날고 물고기 놀며
온갖 꽃 향기롭네.
난정(蘭亭)의 놀이를
뉘라서 좋다는고.
은대(銀臺)에서
어사주(御賜酒)로 취함만 하리.

• 1500년(연산 6년) 3월 3일 작시

紫陌春風三月三
鳥飛魚泳百花醃
蘭亭* 稧事** 誰云好
不似銀臺*** 賜酒酣

* 난정(蘭亭) : 옛날 중국 회계군(會稽郡) 산음현(山陰縣)에 있던 정자 이름. 진(晋)나라 목제(穆帝) 영화(永和) 9년(서기 353) 3월 3일 당대의 왕희지(王羲之) · 손통(孫統) · 사안(謝安) 등 41인이 풍경 좋은 이 정자에 모여 흐르는 물에 술잔을 띄우며 놀이한 고사가 있다.

** 계사(稧事) : 불가에서 행하는, 요사(妖邪)를 떨어버리기 위한 제사.

*** 은대(銀臺) : 승정원(承政院)의 별칭. 승정원은 왕명의 출납을 담당하는 관청. 오늘날의 비서실. 여섯 승지가 있다.

■ 삼월 삼짇날이라 하여 승정원에 술과 함께 내린 시이다. 이 시를 내리고 연산군은 승지들에게 답시를 지어 올리라고 명했다.

사계화(四季花) 한 분(盆)으로

이슬에 젖은 붉은 꽃이
푸른 잎 속에 짙고
누각에 향기 풍겨
훈풍에 취하네.
구경만 하라고 은대에 내리는 것이 아니라,
적적할 때 보고 .
천지조화를 생각하라는 뜻이지.

● 1501년(연산 6년) 1월 22일 작시

浥露嬌紅翠裡濃
送香雕閣醉薰風
不爲玩物銀臺賜
欲破寥時料化工*

* 화공(化工) : 조화(造化)의 묘한 솜씨

▌연산군이 사계화 한 분을 승정원에 내리며 말했다. "정원(政院)이 비록 좋은 곳〔樂地〕이기는 하지만 좋은 명절을 만나도 놀며 구경하지 못하기 때문에 분 하나를 주어 구경하게 하는 것이다." 이어서 이 시를 내리자 승지들이 답시를 지어 올렸다.

밝은 달 깊은 시름

비 개고
구름 걷혀
밤 기운이 맑으니
달 밝은 윤각(綸閣)에
꿈 이루기 어렵구나.
해마다 좋은 때를
구경할 수 없으니
어옹(漁翁)의 한 평생을
지남만도 못하네.

• 1500년(연산 6년) 8월 1일 작시

雨散雲收夜氣淸

月明綸閣*夢難成

年年未得佳時賞

不似漁翁過一生

* 윤각(綸閣) : 대궐, 궁전.

■ 승정원에 시를 내리면서 "이 시로써 풍월을 완상(玩賞)하고 적막한 심정을 풀었으니, 이 운(韻) 자로 답시를 지으라"고 명했다.

노 을

바람 맑은 동해에는
푸른 노을 자욱하고
비 어두운 서산에는
해가 침침하네.

• 1500년(연산 6년) 10월 25일 작시

風淸東海靑烟晚

雨暗西山白日沉

■ 연산군은 이 시를 내리고 승지와 사관들에게 이 시의 뜻으로 시를 지어 바치게 했다.

철쭉꽃 향기

은대에 일은 없고
해는 길기도 한데
다들 책상 앞에서
반은 벽에 기대어 있구나.
취한 뒤 졸음 오면
마음이 고달프니
어찌 선온(宣醞)과 함께
꽃향기 감상을 사양하리오.

• 1501년(연산 7년) 4월 22일 작시

銀臺無事漏籌* 長

每倚床頭半壁墻

醉後眼來心似懥

何辭宣醞** 賞花香

* 누주(漏籌) : 물시계의 시각을 세는 줏대.

** 선온(宣醞) : 임금이 내린 술.

▮ 철쭉꽃 한 가지와 함께 승정원에 내린 시이다.

술과 작약(芍藥)

꽃을 주고 술을 줌은
가까이 있는 까닭인데
즐거움 속에도 근심이 있음을
뉘라서 알겠는가.

● 1501년(연산 7년) 5월 10일 작시

賜花賜酒因近密

誰知懽裏苦愁深

■ 승정원에 술과 작약꽃 세 가지와 함께 내린 시 한 연(聯)이다.

멀고 먼 장안길에

짙어가는 새벽 기운이
바야흐로 깊은데
멀고 먼 장안까지는
몇 바다와 몇 산인고.
오늘 사람을 보내
정자 위에서 전송하노니
몇 달 동안 소식 듣지 못할 것을
도리어 시름하네.

• 1501년(연산 7년) 6월 10일 작시

沉沉曙氣正方深

路隔長安幾海岑

今日使人亭上餞

還愁數月不聞音

▌왕자 · 공주 출생 때 그 태반(胎盤)을 들 가운데 있는 봉우리 위에 묻었는데 그것을 태봉(胎峰)이라 하고, 울타리를 쳐서 출입을 금하게 했다. 그 일을 관장하는 사람을 안태사(安胎使)라 하는데, 이 무렵 연산군은 자신의 처남인 신수근(愼守勤)을 안태사로 삼았다. 그 안태사 신수근 일행을 사신으로 중국에 보내는 길에 승지 권주(權柱)에게 명해 제천정(濟川亭)에서 전송토록 했다. 이때 내린 어제시이다.

황국 향기

가을 바람은
곳곳마다 맑은데
국화 향기는
뜰에 가득하여라.
적막한 승정원 안
내려준 그 술잔에
꽃이 뜨리라.

• 1501년(연산 7년) 8월 21일 작시

金風無處淡
黃菊滿階香
寂寞銀臺裏
須浮賜酒觴

■ 승정원에 산국(山菊) 한 분과 선온을 내리며 함께 내린 시.

태평 시절에

비 갠 뒤 방죽엔
푸른 풀 우거지고
살구꽃 가지 위엔
나비 너울거리네.
끝없이 태평한 봄경치 속에서
문 밖 에 나가 활을 쏨도
해롭지 않으리

• 1502년(연산 8년) 2월 17일 작시

雨後長堤綠正肥

杏花梢上蝶紛飛

無限太平春景裏

不妨門外射侯*歸

* 사후(射侯) : 화살을 쏘는 과녁.

▮ 승지와 정승들에게 내일과 모레 문 밖에 나가 활쏘기 연습을 하라고 명하면서 내린 절구

김감(金勘)을 위로함

버들꽃 피자
늦은 봄빛 애석한데
못물 위 푸른 연은
잎마다 새롭구나.
김감(金勘)의 분부 어긴 대답을
욕하지 말라.
삼한(三韓) 땅의 학문 깊은
큰 관원이라네.

• 1503년(연산 9년) 5월 8일 작시

楊花開處惜春殘
池面青荷葉葉新
勿駁金勘違教對
三韓淵學大官人

▮ 일전에 도승지 김감이 중국 사신에게 대답을 잘못했다가 반박당하였기에 그 사실을 언급한 시이다.

인군(人君)의 도(道)

들국화는 시들었는데
집국화는 난만하고
붉은 매화 떨어지자
흰 매화 한창이네.
풍물을 구경하며
하늘 이치 안다지만
인군의 도는 먼저
화목한 정사를 하는 것이리.

● 1503년(연산 9년) 10월 14일 작시

野菊已殘家菊蘭
紅梅裳謝白梅濃
莫言玩物推天理
君道宜先講政雍

▌승정원에 내린 절구

슬픈 눈물

종사의 넋이
나의 지성을 생각지 않아,
어찌 이다지도
내 마음 상하는지!
해마다 네 아들이
꿈같이 떠나가니
슬픈 눈물 줄줄 흘러
갓끈 적시네.

• 1504년(연산 10년) 1월 27일 작시

哀 題

宗社幽靈不念誠
如何忍頑我傷情
連年四子離如夢
哀淚千行便濯纓

■ 연산군이 직접 「哀題」란 제목을 붙인 칠언 절구다. 자신의 아들들이 매년 죽어가는 것을 슬퍼한 부정(父情) 넘치는 시이나, 그 아들들에 대한 기록은 없다. 『연산군일기』에는 연산군이 직접 작시한 것은 〈어제(御製)〉라고 분명히 밝히는데 이 시는 〈어서(御書)했다〉고만 밝히고 있어 반드시 연산군의 자작시라고는 말할 수 없다.

덕 없는 이 몸

용렬한 자질로 위에
있은 지 십년인데
너그러운 정사 못하니
부끄런 마음 금할 길 없네.
조정 안에 종사를 생각하여
보필하는 자 없으니
이 모두 어린 이 몸
덕이 없음이로다.

• 1504년(연산 10년) 3월 24일 작시

庸質臨臣十載回
未敷寬政愧難裁
朝無勉弼思宗社
都自庶吾乏德恢

■ 아직 갑자사화(甲子士禍)의 피비린내가 가시지 않은 때이다. 연산군은 10월 20일, 친모인 폐비 윤씨의 사사(賜死)에 관여되었던 성종의 두 후궁을 그 아들들을 시켜 때려 죽이게 하고, 여러 중신들과 더불어 폐비의 시호를 의논하는 중이었다.

가을이 오다

푸른 잎이 고운데
맑은 이슬 맺히고
붉은 꽃망울 진한데
청풍이 곁들었네.
한가로이
하늘의 조화 구경하다가
가을이 온 줄 알고
술에서 깨었노라.

• 1504년(연산 10년) 5월 1일 작시

綠葉鮮姸凝露淡
紅房灼爍藉風淸
閑中玩賞天工巧
還覺秋來可解酲

■ 이세좌, 성준 등 폐비 사건과 관계 있거나 그밖에 불충했던 자들을 모조리 베고 있을 때이다. 이 날은 연산군이 폐비에 대한 일로 난폭하게 대들어 충격을 받아 죽은 인수대비(仁粹大妃)의 재궁이 발인하던 날이다.

붉은 충경(忠敬) 다하여

참소를 만나니
진실로
덕 없음을 알겠노라.
꿈 이루기 어려운 중에
한스럽고 부끄럽네.
그 누가 능히
붉은 충경 다하여
용렬한 인군을 도와
비뚠 풍속 바로하리.

• 1504년(연산 10년) 8월 1일 작시

逢愬誠知簿德儀
夢難成裏恨羞彌
誰能獨樹丹忠敬
篤輔庸君化俗敺

■ 이 무렵, 임금의 비행을 쓴 익명서가 나타나고 장녹수(張綠水)의 종들이 시정에서 말썽을 많이 일으켰다. 장녹수는 제안대군(齊安大君)의 가비(家婢)로 있다가 연산군의 총애로 후궁의 높은 지위에 올라 있었는데 그녀는 물론 그 일가에다 종들까지 갖은 권세를 다 부림으로써 많은 혼란이 있었다.

가을 산을 바라보며

단풍잎은 서리에 취해
어지러이 곱고,
국화는 이슬 머금어
향기가 난만하네.
조화가 말없이 이루어지는 공을
알고 싶거든
가을 산 경치를
바라보면 되리라.

• 1504년(연산 10년) 9월 7일 작시

楓葉醉霜濃亂艶
菊花含露爛繁香
欲知造化功成默
須上秋山賞景光

▌이 절구를 내리며 "상직(上直)하는 승지 두 사람은 차운(次韻)하여 올리고, 또 〈달밤에 국화를 대함〔月夜對菊〕〉이란 율시와 〈오늘 급제한 사람의 재주와 마음 어느 것이 경하고 어느 것이 중하다〔今日及第人才與心孰輕重〕〉는 뜻으로 지어 올리라"고 명했다.

배 뒤집혀 위급할 때

사시절 아름다운 경치도
놀이만은 못한 것이니
부디 그윽한 대(臺)
밝은 가을 달을 구경하리.
바람 이는 강에
물결 타고 건너기 좋아 마오.
배 뒤집혀 위급할 때
그 누가 구해 주리.

● 1504년(연산 10년) 9월 29일 작시

四時佳景不如遊
須賞幽臺朗月秋
莫好風江乘浪渡
飜舟當急救人誰

■ 승지들에게 이 시의 뜻을 해석하라고 하자, "앞의 두 구는 경치를 읊은 것이요, 뒤의 두 구는 인신(人臣)을 경계한 것"이라 하였다. 〈어서〉라고 기록되어 있다.

간 신

간신이
악의를 품고도 충성하는 양
왕을 경멸하여
손 위에 놓고 희롱하네.
조정에선 폐단을 한탄하면서도
배격될까 두려워하고
서로 구제하며
못된 버릇 일으키네.

• 1504년(연산 10년) 10월 15일 작시

姦人抱惡似眞忠
輕傲時王弄掌中
朝恨獘端還畏擊
爭圖相救起頑風

■ 이 시를 내리며 "정승 및 의금부 당상으로 하여금 차운하여 올리도록 하라"고 한 것으로 보면 연산군이 많은 신하를 죽이고자 하나 이를 반대하는 정승들이 있고 죄인을 심문하는 의금부 당상 또한 무죄라고 구제하려고 하자 그것이 불쾌했던 듯하다.

충 신

경들을 마주하니
도움을 얻고 싶소.
나라를 다스림에
태평을 명심하오.
취한 김에
방종한 말 많은 까닭은
충성스런 신하를
얻고 싶음이려니.

• 1504년(연산 10년) 11월 19일 작시

對卿心欲輔

治國意留平

感醉言多放

深思得忠誠

■ 전날 곡연(曲宴) 때 연산군이 술에 취해 말이 많았던 것에 대해 재상들을 모아 놓고 내린 시.

봄을 생각하며

나비는 고운 꽃을 사랑하여
호탕하게 춤추는데,
꾀꼬리는 녹음에 빠져
마치 노래하는 듯.
태평한 세월 만나
충성스런 땅이 되리니
자주 봄 구경하며
기운을 기름이 어떠리.

• 1504년(연산 10년) 11월 20일 작시

蝶愛矯紅豪作舞
鸎貪濃綠恰成歌
昇平正値移忠域
頻賞靑春養氣何

혜소(嵇紹)와 사어(史魚)처럼

덕도 없이 외람되게
왕업을 이어받아
백성에게 임한 지
어언 십여 년.
매양
밝고 바름의 적음이 부끄럽고
항상
가르침의 많은 상소를 한하노라.
나라에 충성함은
혜소를 생각하고
간하는 정성은
사어를 바라노니
임금과 신하 간이
이와 같다면야
무슨 일로
그 뜻의 막힘 있으랴.

• 1504년(연산 10년) 11월 25일 작시

薄德叨承業

臨民十載餘

每羞明正少

常恨敎多疏

忠國思嵇紹*

諫誠擬史魚**

君臣皆若此

何事志相沮

* 혜소(嵇紹) : 중국 서진(西晋) 혜제(惠帝) 때의 충신.

** 사어(史魚) : 춘추시대 위(衛)나라의 충신.

홍루(紅樓)의 밤

넓은 동산에 꽃을 찾아
경치를 감상하니
윤택한 향기와 봄빛이
그윽히 꽃에 어리도다.
달은 밝고 바람 포근한
홍루의 밤에
어찌 음률로
더러움 씻기를 마다하랴.

• 1504년(연산 10년) 12월 13일 작시

閬苑*尋芳賞物華
潤香春色暗添花
月明風暖紅樓夜
何却笙歌滌穢邪**

* 낭원(閬苑) : 신선이 산다는 곳.
** 예사(穢邪) : 사예(邪穢). 더러운 것.

■ 시를 내리며 "고저(高低)와 뜻이 옳게 되었는가?" 묻자 승지들이 "첫째 구는 봄을 감상하는 데 있고, 둘째 구는 뜻이 생물(生物)에 있으며, 셋째 구는 맑은 밤을 말한 것이고, 넷째 구는 음악으로 사예(邪穢)를 탕척하는 뜻입니다"라고 했다.

봄빛이 어리다

뜰에 새로 핀 꽃
몇 떨기나 고운지,
향기에 끌려 날뛰는 나비
눈매 무섭네.
태평스런 좋은 경치
끝없는 곳에
봄빛이 한 그루 붉은 나무에
먼저 어리었도다.

● 1504년(연산 10년) 12월 18일 작시

苑裡新花幾艷叢
香牽狂蝶眼回雄
太平佳景無窮處
春色先添一樹紅

▌시를 내리며 "운(韻)의 뜻이 율(律)에 맞는가?" 하자, 승지들이 "율의 격식이 실로 고시(古詩)와 같습니다"라고 답했다.

꽃의 어여쁨

새 집이 되어가매
이름 빛나고
봄 이슬이 꽃에 어려
향기가 떨어지네.
삼백 가지 꽃의 어여쁨
뉘라서 알랴.
향기가 바람 타니
나비 날으네.

• 1505년(연산 11년) 1월 3일 작시

新院將成建號輝
紅凝春露落芳菲
誰知三百芳花艶
香賴和風犯蝶飛

■ 이 무렵 연산군은 기악에 뛰어난 기생들을 대궐 안으로 뽑아들여 등급대로 흥청(興靑)·운평(運平)·광희(廣熙) 등으로 이름붙이고 "흥청이란 사예(邪穢)를 깨끗이 씻으라는 뜻이고, 운평은 태평한 운수를 만났다는 뜻"이라고 설명했다. 또한 그들을 위한 집을 새로 짓거나, 기존의 원(院)의 이름을 고쳐 그곳에 두었는데, 여기서 새집〔新院〕이란 말은 그런 류의 집을 가리킨 것으로 보인다.

슬픈 연기

초목에 슬픈 연기
봄 아닌 듯하여라.
늦봄 꾀꼬리 맺힌 사연을
나그네에게 묻네.
알아야 하네,
한 무더기 고운 뼈를 묻는 것이
소군(昭君)이
되땅에서 죽은 것보다는
나은 것을.

● 1505년(연산 11년) 1월 13일 작시

草樹愁烟似不春

晩鸎哀恐問行人

須知一種埋香骨

猶勝昭君*作虜塵

* 소군(昭君) : 왕소군(王昭君)을 이름. 소군은 한(漢)의 원제(元帝) 때 천하 일색의 궁녀로 알려졌는데 화공(畵工)의 장난으로 왕의 총애를 받을 기회를 억울하게 잃었다. 뒷날 북방의 선우(鮮于)에게 시집가서 연씨(閼氏)가 되었는데 후세 사람들이 그 원통함을 그린 시사를 많이 지었다.

해마다 부질없이

은대(銀臺)에선 종일토록
왕명을 받지만
충성으로 돕는 신하
누구 있느뇨.
한이로다,
밤낮으로 겨를 없어서
해마다 부질없이
봄을 넘기네.

• 1505년(연산 11년) 3월 9일 작시

銀臺長日愼絲綸
誰有孤忠秀弼臣
只恨晨昏無少暇
年年虛過灩芳春

▌시를 내리고 승지들에게 화답해 바치게 했다.

후 대(厚待)

푸른 향기 어린 막걸리
빛과 맛이 어울려
잔 속엔 언제나
풍성한 봄.
은혜를 생각하여
실컷 마시라,
올바름과 정성에
후대하는 것이니.

● 1505년(연산 11년) 3월 12일 작시

凝綠香醪色味凝

盃中長在不殘春

思恩莫厭沈酣飮

厚待都由獻直諄

▮ 선온과 함께 승정원에 내린 시.

봄 경치

방원 곳곳마다
흐드러지게 꽃 피고
홍엽은 바람결에
푸르러졌네.
좋은 경치와 태평함을
뉘와 함께 말하리.
화창한 봄 경치를
고운 여자와 구경하리.

• 1505년(연산 11년) 3월 18일 작시

芳園無處不濃華
紅葉牽風襯綠多
佳景昇平誰與語
徒憑矯艶*賞春和

* 교염(矯艶) : 교태롭고 요염한 여자라는 의미.

■ 승지 한순(韓恂)으로 하여금 화답을 바치게 했다. 뒷날 사관들은 연산군이 어제시를 승정원에 내리곤 하던 일을 두고 이렇게 평했다. "왕이 시를 지을 때마다 정원(政院)에 내리면 평하여 들이면서, 승지들이 혹은 원주(圓珠), 혹은 관주(貫珠), 혹은 비점(批點)을 쳐서 극진한 말로 칭찬했는데, 모두가 권균(權鈞) · 강혼(姜渾)의 짓이었다."

경망한 선비

경연(經筵)을 오래 폐해
거칠어지네.
본디 경망한 선비는
임금을 속이느니.
어진 정승이
충성을 다해 돕지 않으면
나라의 번창함을
다시는 바랄 수 없네.

• 1505년(연산 11년) 3월 21일 작시

久廢經筵*覺怠荒
元來輕士慢欺王
若非賢相誠忠輔
難得三韓業更昌

* 경연(經筵) : 임금의 학문을 위해 학식과 덕망이 있는 신하가 궁중에 들어 경적(經籍)과 사서(史書)를 강의하는 것.

내린 술

사사로이 만나는 은혜
어이 갚으려노.
내린 술 멋대로
취해 즐기렴.
다시는 딴 마음일랑
품지 말고
정성 다해 나라를
보필해 다오.

● 1505년(연산 11년) 3월 28일 작시

私對恩何報
黃封*任醉歡
勿思情戀異
誠意輔三韓

* 황봉(黃封) : 황지(黃紙)로 싼 술독. 임금이 내리는 술.

내시 김처선을 죽이고

백성에게 모질기
내 위 없다지만,
내시가
난여(鸞輿)를 범할 줄이야!
부끄럽고 통분해
맺힌 마음 많아서
바닷물에 씻어도
한이 남으리.

● 1505년(연산 11년) 4월 3일 작시

殘簿臨民莫類予
那思姦閹*犯鑾輿*
羞牽痛極多情緖
欲滌滄浪恨有餘

* 간엄(姦閹) : 간사한 환관(宦官).
* 난여(鑾輿) : 임금이 타는 수레.

▌이틀 전 연산군은 내시 김처선(金處善)을 죽였다(연산군 연보 참조). 김처선을 죽이고도 분이 풀리지 않자, 그 부모 무덤까지 뭉개게 하고, 양자를 죽이고, 손자를 연좌시켰다. 이 시는 그 연유로 나온 것인데, 승지들로 하여금 화답하게 했다. 승지들이 아뢰기를 "신하의 죄가 이토록 극에 이르렀으니, 누군들 마음 아프지 않으리까?" 했다.

녹음 짙은 숲에

녹음 짙은 동산 숲에
포근한 경치가 어울렸는데
훈풍은 고운 발(簾櫳)에
그윽이 스쳐가네.
섬돌 앞에 춤추는 나비는
다정도 하여
지는 꽃을 좇으며
안타까와하는구나.

● 1505년(연산 11년) 4월 24일 작시

綠暗園林暖景融
薰風濃拂玉簾櫳
階前狂蝶多留意
閑逐飛花惜委紅

■ 시를 내리며 승지에게 화답하게 했다.

윤순(尹珣)에게

성묘를 가려 하니
효성이 장하여라.
바람 실은 솔 소리에
슬픈 마음 간절하리.
가는 길 멀지 않으나
그대 소임 중하니
어서 궁궐로 돌아와
글 화답을 할진저.

• 1505년(연산 11년) 5월 8일 작시

荒墳欲拜孝誠長

風動松聲起愴腸

行路不遙卿任重

速還墀下*可賡章**

* 지하(墀下) : 대궐.

** 갱장(賡章) : 남의 글에 이어 글을 씀.

■ 승지 윤순이 묘소에 제사 지내려고 연산군에게 하직 인사를 하자 연산군이 시를 내리고 승정원 승지들에게 차운하여 바치게 했다.

불 속으로 뛰어드는 나방

지나친 절조로
불 속에 몸을 던졌으니
높은 절의만 알고
변통할 줄 모르네.
이름 비우고 이치에 삶이
어지러움 없는 것을.
불 보고 날아드는
나방같구나.

● 1505년(연산 11년) 5월 29일 작시

妄節投身熾火中
徒知高義不知通
虛名處理無相亂
正似飛蛾赴燭紅

■ 절개를 지켜 죽은 한 황후(漢皇后)를 두고 지은 시. 한 황후는 여기서 평제(平帝)의 후(后)가 된 왕망(王莽)의 딸, 곧 효평황후(孝平皇后)다. 왕망이 평제를 독살하고 어린 아들 영(嬰)을 황태자로 세우고, 자신이 가황제(假皇帝)가 되었다가 다시 찬탈하여 진황제가 되어 국호를 신(新)이라 했다. 이때 한실(漢室)을 부흥하려는 군사가 곳곳에 일어나 미앙궁(未央宮)을 불사르니, 효평황후가 "무슨 면목으로 한가(漢家)를 보겠는가" 하고 스스로 불 속에 몸을 던져 죽었다.

이슬 젖은 꽃

깊은 뜰에 사람 없고
경치만 아름다워
이슬 맺힌 복사꽃
봄바람에 취하였네.
듬뿍 비에 젖어
꽃술이 더 어여뻐라.
꽃다운 가지 꺾어
요염한 꽃 닦아주리.

• 1505년(연산 11년) 5월 29일 작시

深院無人麗景融
桃凝香露醉春風
須緣濃雨添矯蘂
手折芳枝拭艶紅

▌이 시를 앞의 시 「불속으로 뛰어든 나방」과 같이 내리고 "시가 호탕한가?" 물으면서 화답하게 했다.

고운 얼굴 그 몇?

비 개이고 바람 맑아
잡을 듯한 풍경인데,
금전(金殿)엔 아지랑이
둘러 떠 있네.
잔치를 자주 여니
우애 좋은데
넌지시 사람 끄는 고운 얼굴
그 몇이뇨.

● 1505년(연산 11년) 6월 10일 작시

雨晴風淡景如收

金殿祥烟繞景浮

淸讌頻行祥棣裏

幾多紅粉暗人留

■ 연산군 11년 무렵은 흥청 · 운평 · 광희를 동원, 궁중에서 연회가 끊일 때가 없었는데, 어떤 때는 중신들의 처들과 공주 · 옹주들을 모아 잔치를 연 다음 그 중 미인을 가려내 범하는 일 또한 잦았다. 이 시의 끝행은 그 미인을 가려내는 일과 관련있는 것으로 보인다.

꽃과 달

한 가지 붉은 꽃이
온 동산을 시기해
대궐 안에 가득
짙은 봄 향기를 보내네.
달 속 계수나무에서
바람 불어와
푸른 빛 머금은 달
창공에 떴네.

• 1505년(연산 11년) 6월 10일 작시

一枝紅妬萬園紅
香轉濃春紫殿中
風自廣寒仙*裏落
月含蒼色傍靑空

* 광한선(廣寒仙) : 달 속에 있다고 전해지는 항아(姮娥)가 사는 궁전(宮殿)을 광한궁(廣寒宮)이라 하는데, 광한선은 바로 달의 계수나무를 뜻한다. 연산군은 이 말을 빌어 기생에게 이름붙여 주기도 했다.

항(㤂)과 봉(㶁)을 죽이고

항과 봉의 흉악은
하늘에 가득찼고
종사를 어지럽혔으니
가엾을 것 하나 없다.
첩들이 반드시 간교하게
속일 것이니
밝은 법을 생각하여
늦춰 주지 말아라.

• 1505년(연산 11년) 6월 15일 작시

忼悻兇惡貫盈天

亂繫宗祊寸不憐

犯妾勿疑憸黨*誑

深思明法莫留延

* 섬당(憸黨). 간교(奸巧)하고 치우침

▌항과 봉은, 연산군 친모 폐비 윤씨가 사사될 때 관여한 바 있는 성종 후궁 정귀인(鄭貴人)의 아들인데, 연산군에게는 서제(庶弟)가 된다. 연산 10년 3월, 폐비 사건의 전모를 안 연산군이 정귀인과, 함께 공모한 또다른 성종 후궁 엄귀인(嚴貴人)을 항과 봉을 시켜 때려죽이게 하고 정·엄 두 귀인의 자취를 없앴다. 이것이 갑자사화의 시초다. 항과 봉은 이때까지 외방에 안치되어 있었는데, 이 날 사사되었고, 연산군은 이어 "항과 봉의 아내를 결죄(決罪)한 뒤 여러 군(君)에게 나누어 내리라"고 명하고는 이 절구를 진성군(甄城君. 성종 후궁 숙의 홍씨가 낳은 왕자) 등 여러 왕자들에게 나누어 주어 욕보이는 뜻을 표시하고 경계했다.

휘호를 받으며

대업을 이어
재변을 조심했을 뿐인데
휘호를 받든다니
부끄러움 견디기 어렵네.
온 나라 맑아지니
뉘 공이뇨,
모두가
삼정승이 도운 힘일세.

• 1505년(연산 11년) 6월 18일 작시

叨嗣鴻休* 畏警災

奉崇徽號** 愧難裁

朝淸野肅功誰問

都在三台*** 弼力恢

* 홍휴(鴻休) : 큰 천명(天命), 큰 군명(君命).

** 휘호(徽號) : 후비(后妃)가 죽은 뒤에 시호와 함께 올리는 존호(尊號).

*** 삼태(三台) : 3공, 곧 삼정승.

■ 대체로 임금이 죽은 뒤에 그 공을 기리어 존호(尊號)를 올린다. 그러나 당시 신하들은, 갑자사화로 못된 신하를 모두 씻어냈다는 공을 기려 연산군에게 헌천홍도 경문위무(憲天弘道經文緯武), 왕비 신씨에게 제인원덕(齊仁元德), 대비(폐비 윤씨 다음의 성종비, 연산군의 계모) 윤씨에게 자순화혜(慈順和惠)란 존호를 올렸다. 이에 대한 시인 셈인데, 당시 삼정승은 영의정 유순(柳洵), 좌의정 박숭질(朴崇質), 우의정 강귀손(姜龜孫)이었다.

나무에 부쳐

여러 나무 골라 잡아
맑은 향기 가득하고
동군(東君)의 힘 빌었더니
그 한층 수월코나.
부지런히 가꾸니
꽃술에 이슬 맺히고,
자주 돌보니
바람은 연한 가지에 부누나.
나비는 꽃 피기를 재촉하니
향기가 무르녹고,
벌이 예쁨을 희롱하니
아리따움이 깔려 있네.
태평을 이미 얻은
깨끗한 땅이니
화창함에 오래 기대
현훈(賢勳)을 잔치하리.

• 1505년(연산 11년) 7월 1일 작시

選攀郡樹雜淸芬
暗竊東君* 力宛分
勤養露凝紅蘂折
頻栽風帶嫩枝殷
蝶催濃錦香成爛
蜂戲姸嬌艶繞氳
已得昇平純域裏
憑和長欲宴賢勳**

* 동군(東君) : 봄을 맡은 귀신.
** 현훈(賢勳) : 어질고 공훈(功勳)이 있는 신하.

▮ 시를 내리고 승지 강혼에게 뜻을 풀어 바치게 했다.

광한루에 기댄 듯

귀뚜라미 새벽에 울어
잠을 더욱 설치게 하고
기러기는 밤에 울어
시름만 더하누나.
가장 좋은 손
높은 대의 맑은 달빛이라,
이 몸은 마치
광한루에 기댄 듯.

• 1505년(연산 11년) 7월 5일 작시

蛩吟凉曉添寒睡
雁叫淸宵起暗愁
最好高臺桐月淡
却擬身倚廣寒樓*

* 광한루(廣寒樓) : 광한부(廣寒府), 곧 달의 궁전. 연산군은 이 말을 매우 좋아했다.

■ 부채에다 이 절구를 써서 승지 강혼에 주고 평하고 화답하라 했다. 〈어서〉로 기록되어 있다.

공명은 부질없고

사물을 궁리하니
하늘보다 높고
인간사 헤아리니
꿈 속과 같네.
공명에 얽매임은
한갓 부질없는 짓,
오래 취해
꽃구경함만도 못하니라.

● 1505년(연산 11년) 7월 23일 작시

深推物理勝雲空
暗度人間似夢中
謾糾功名徒誕妄
不如長醉賞群紅

▮ 시를 내리고 승지들에게 화답하게 했다.

포도를 받고

얼음 채운 파란 알이
달고 시원해
변치 않는 성심(誠心)에
절로 기쁘네.
몹시 취한 주독(酒毒)만
풀 뿐 아니라
병든 위 상한 간도
고쳐 주겠네.

● 1505년(연산 11년) 7월 25일 작시

冰盤濃碧味甛寒
自喜誠心賴舊完
不啻可消沈酒毒
應和病胃與傷肝

■ 승정원에 수정포도(水精葡萄) 한 덩굴이 익었으므로 승지들이 따서 얼음 넣은 쟁반에 담아 바쳤다. 연산군이 시를 내리고 "시는 뜻을 말하는 것이므로, 그 졸렬한 것을 모르고서, 지금 시를 내렸는데 볼만한 것에 가까운가?" 하니 승지들이 "특별히 내리신 천장(天章. 임금의 글)의 뜻이 높고 아름다우며, 신 등은 감격하기 이를 데 없습니다" 했다.

친한 신하 강혼에게

재주 많은 신하 중에
더 친한 신하여,
우뢰같은 위엄에
고달픔을 한탄 말라.
충성심을 깊이깊이
품었다면야
정승 자리 오르기
그 어찌 어려우리.

• 1505년(연산 11년) 7월 25일 작시

愛才親信異他臣
莫恨雷威急因身
若有忠誠懷似石
何難頭上照台辰*

* 태진(台辰) : 별. 여기서는 정승.

■ 승지 강혼에게 내려준 시. 강혼이 연산군의 시를 받아 평하거나 화답을 하는 일에 능숙하여, 연산군이 그를 크게 아낀 듯하다.

가을 놀이를 보내며

근교로 가을놀이 감을
특별히 허락하니
높은 정자에서 보는 경치
진정 청신하리라.
고깃배 돛을 걷고
긴 강에 뜨면
미인은 취한 심정
화답하리라.

• 1505년(연산 11년) 8월 5일 작시

特許秋郊賞樂行
高亭風景政新淸
漁舟捲帆長江點
紅粉應和醉裡情

■ 시를 내리며 말했다. "오늘, 승지 및 진독당상(進讀堂上) · 낭청(郎廳)은 망원정(望遠亭)에 가서 놀고, 시를 화답해 바치라."

기밀 누설

내 성품 어리석어
잘못 모르고
신하와 즐겨 마셔
위엄 잃었네.
만일 누가
궁중 비밀을 누설시키면
풍상을 맞는
역죄의 시체를
면치 못하리.

• 1505년(연산 11년) 8월 5일 작시

儂性庸狂不覺非
與臣甘飮失嚴威
有人若漏宮闈密
難壁風霜觸逆腓

▮ 연산군은 매일 연회를 가지지만, 거기에 참예했던 사람들에게 말을 하지 못하게 했다. 특히 기생들에게 조심하게 했는데, 그것을 어기는 사람은 궁중 기밀을 누설했다 하여 죽이는 사례가 많았다.

채홍사를 위로하며

특별히 방정(芳亭)에서
구경하기 허락했네.
서늘함이 비를 타고
맑은 가을 재촉하네.
온화 위엄 양립해야
참 왕도인데,
충성 다해 은혜 갚을
신하가 누구냐.

● 1505년(연산 11년) 8월 13일 작시

朝尊崇號愧吾荒

補力無弛國勢長

今日華筵仍罕慶

須期懽醉賞蟾光

▌이 날, 선온을 강혼에게 내려 우찬성 이계동(李季仝)과 함께 채홍준체찰사(採紅駿體察使) 임숭재(任崇載)를 맞아 노량(鷺梁)에 가서 놀게 했다. 연산군은 이 무렵 이계동과 임숭재를 채홍준사로 삼아 각도의 미인과 말을 뽑아 오도록 했는데, 이계동이 미녀 63인과 양마(良馬) 150필을 뽑아왔고, 이 날 임숭재가 미녀와 말을 뽑아 왔기에 이를 위로한 것이다. 연산군은 주연이 잦은 데 대해 말들이 많자 〈온화, 위엄〉 운운하면서 주연이 신하들을 위한 것임을 시로써 변명한 것이다.

국 화

맑은 철에
가을 구경 꺼리지 말라.
국화 떨기 금빛 품고
향기 아직 안 토했네.
푸른 꽃술 향기로와
술에 띄울 만하네.
서리 오면 온 가지가
누렇게 될 걸 무엇하리.

● 1505년(연산 11년) 8월 17일 작시

淸時莫厭賞秋光
叢菊含金未吐芳
靑蘂可香宮醞*泛
不須霜落滿枝黃

* 궁온(宮醞) : 선온.

잔 치

조야가 편안하여
태평한 이때
잔치를 허락했으니
취할 만하다.
언제나 용렬한 나
덕 없음 부끄러운데,
오늘은 영재들 많으니
도리어 즐겁네.

• 1505년(연산 11년) 8월 17일 작시

朝安邊謐屬昇平
恩許華筵可醉觥
每愧庸予無令德
還欣今日濟群英

■ 종친과 대신 2품 이상에게 술과 국화를 내려주며 함께 내린 시이다.

호방한 임금

큰 은혜 정말 느끼거든
즐기기를 꺼려 말라.
낮닭이 한창 조는데
해가 어찌 기울랴.
대궐 술 다시 받음도
사양치 말라.
호방한 임금
나라 편케 하도록
힘쓰면 되네.

● 1505년(연산 11년) 8월 17일 작시

眞感鴻恩厭厭歡
午雞方睡日何闌
莫辭更受黃門酒
都勉豪君欲國安

▮ 종친과 대신 2품 이상에게 술과 국화를 내려주며 함께 내린 시이다.

존호를 받고

조정에서 존호 받으니
거칠고 잡된 내 마음 부끄럽다.
돕는 힘 풀어지지 않으면
국세는 펴이리라.
보기드문 경사
성대한 잔치를 여니
달이 뜰 때까지
취해도 좋으리.

● 1505년(연산 11년) 8월 27일 작시

特語芳亭賞景遊
新凉憑雨催淸秋
和嚴兩立眞王道
誰竭孤忠報惠稠

■ 전날 연산군 · 중전 · 대비가 존호를 받는 의식이 있었다. 종친과 대신 2품 이상, 승지, 주서(注書), 녹고관(綠考官) 등과 양화문(陽華門) 안에서 잔치하며 내린 시이다. 이 저녁 잔치가 파한 뒤 연산군은 인양전(仁陽殿)에서 또다른 잔치를 하고 있었는데, 양화문에 불이 나서 장랑(長廊) 40간을 태우며 밤을 밝히는 데도 묻지도 않고 노래와 음악으로 즐기고 있었다.

여완(麗婉)을 애도함

너무 애달파서
눈물 거두기 어렵고
슬픔이 깊으니
잠 오지 않네.
마음 어지러워
애끓는 듯하니,
이로 인해 내 생명
상하리로다.

● 1505년(연산 11년) 9월 16일 작시

悼極難收淚

悲深睡不成

心紛腸以斷

從此覺傷生

■ 홍청으로 돌아와 있는 기생 월하매(月下梅)가 죽자 이를 슬퍼해서 쓴 시다. 월하매가 음률을 알고 회학(戲謔)을 잘 하여 연산군이 좋아 했는데 병이 나자 자주 문병했다. 죽은 뒤 여완(麗婉)이란 칭호를 주었다. 후원에서 야제(野祭)를 열 때 비빈 · 홍청을 거느리고 가서 비통해 했고, 제사 때 재상들을 참여케 하는 등 지나칠 정도로 깊은 애도의 뜻을 표했다.

강혼의 애사(哀辭)를 보고

받들어 지은 애사
글귀가 순박하니
진실로 경의 뜻
충순함을 알겠노라.
기쁜 정 얽혀 있어
영령함도 느끼리니
특별히 비단옷 내려
신하들 본받게 하려네.

• 1505년(연산 11년) 10월 5일 작시

奉製哀辭句句淳
眞知卿志在忠純
懽情政繞英靈感
特賜菲衣*厲庶臣

* 비의(菲衣) : 너절한 옷. 약소한 사례라는 뜻.

■ 여완이 죽자 이에 대한 제문(祭文)을 지어 올린 것이 마음에 차지 않아 강혼에게 고쳐 짓게 했다. 그 제문을 칭찬한 시다.

태평한 화기가 궁궐을 옹위하도다

육관의 갈대재 날으니
양기가 동함을 알겠네.
태평한 화기가
궁궐을 옹위하더라.
담장에 핀 꽃은
나비를 그리며 예쁘고
길가의 버들잎은
꾀꼬리를 그려 노릇노릇.
미녀들이 줄을 퉁기며
미태를 다투고
여러 손들 서로 즐기며
은총을 느끼네.
잔치하는 정성을
아는 이 누구이냐,
남산의 생명,
선(線)과 같이 길기를 축원하노라.

● 1505년(연산 11년) 11월 17일 작시

六琯葭*飛覺動陽
太平和氣擁宮傍
墻花戀蝶成矯艶
路柳憐鸎作嫩黃
紅粉弄絃爭媚態
群賓相悅感恩光
宴中誠懇無人會
恭祝南山**與線***長

* 육관가(六琯葭) : 옛날 갈대를 태운 재를 육률(六律)의 관(管)에 넣어 기후를 점쳤는데, 동지(冬至) 절후에는 율(律)이 황종 (黃種)에 해당하므로 황종의 관에 넣은 갈대재가 날았다고 한다. 황종은 육률의 하나다.

** 남산(南山) : 남산이 무너지지 않는 것처럼 장수하기를 축원하는 말이다.

*** 선(線) : 당나라 궁중에서는 여공(女功)으로써 해의 장단을 헤아렸는데, 동지날부터는 여느 때에 비해 일선(一線)의 공(功)을 더했다고 한다.

■ 이날은 경복궁 근정전(勤政殿)에서 동지 망궐례(望闕禮)를 행한 날이다. 이 율시를 승정원에 내리고 화답해 올리게 했다.

어진 신하의 도움

봄 동산에
꽃다운 봄이 오니
아리따운 여인들이
서울을 둘러싸네.
가장 좋은 건
종사를 태평하게 보전함이라.
뉘 알리,
내 기쁨은
어진 신하의 도움인 것을.

• 1505년(연산 11년) 11월 18일 작시

陽和苑裏艶芳春
花柳紅粧繞京新
最好太平宗社保
誰知吾喜濟賢臣

■ 시를 내리면서 "글귀마다 평석(評釋)하고, 승지들은 화답하여 올리라"고 했다.

눈 속을 다녀 와서

뜰에 가득 상설이
한 자도 넘으니
멀고 가까운 산봉우리
모두 구슬 숲일세
뉘 알리,
찬 새벽길 올라가는데
한 잔 좋은 술이
천금보다 나은 줄을.

• 1505년(연산 11년) 12월 2일 작시

滿庭祥雪尺餘深
遠近神巒盡玉林
誰覺早登寒曉路
一盃和酒勝千金

▌연산군은 이 날 눈 쌓인 길을 무릅쓰고 사냥을 나갔다가 환궁했는데 이 시를 내리면서 화답시를 바치게 했다.

잠 못 드는 밤

은병풍 꾸불꾸불
화풍(和風)을 막아
찬 이불을 안고서
깊은 잠 못 이루네.
놀란 새 봄을 우는 소리에
단꿈을 깨어
실없는 시름 일어나
눈썹을 찌푸리네.

• 1505년(연산 11년) 12월 9일 작시

銀屛屈曲障和風
恨抱寒衾睡未濃
驚鳥弄春啼夢破
閑愁紛起鎖眉峯

■ 승지에게 화답하게 했다.

교묘한 풍습

삼팽이 두려워
밤 새우는 풍속이
안타까워라.
교묘한 풍습이 인간을 현혹시킴
그 누가 알리.
밤 깊은 대궐 뜰에
은혜가 젖었는데
아주 강한 심력(心力)이
추위에 부딪쳐 소리를 내네.

● 1505년(연산 11년) 12월 10일 작시

俗畏三彭*惜漏經
誰知風巧惑蒼生
夜深墀下霑恩足
莫强心力觸寒聲

* 삼팽(三彭) : 사람의 몸 속에 있는 귀신. 즉 삼시(三尸). 하나는 상충(上 蟲)으로 뇌 속에 들어있고, 하나는 중충(中蟲)으로 명당(明堂)에 있고, 하나는 하충(下蟲)으로 위(胃) 속에 있다 한다. 몸 안에 있으면서 경신일(庚申日) 밤에 나와서 사람의 비밀을 천제(天帝)에게 참소하며 해를 끼친다고 한다.

■ 이 날이 경신일(庚申日)이라 하여 승정원 · 예문관 · 병조 · 도총부 당상들을 빈청에 모여 밤 새우게 하고 이 시를 버렸다.

악 장(樂章)

아름다운 공 위대한 덕 하삼도,
우리 어머니샷다.
높은 사랑 깊은 어짐 하삼도
우리 어머니샷다.
녹과 복을 길이 편안히 하사,
억만 년 누리이소서.

● 1505년(연산 11년) 12월 24일 작시

徽功偉德爲舍音道

于里慈闈舍叱多

隆眷深仁爲舍音道

于里慈闈舍叱多

履福長綏爲舍

享億春是小西

■『연산군일기』에는 "하삼도〔爲舍音道〕· 우리(于理) · 샤다〔舍叱多〕· 이소서〔是小西〕가 조어방언(助語方言)이다"라는 사관의 기록이 있다. 연산군은 이 악장을 승정원에 내리고 "이것은 황사(荒辭)이다. 그러나 옛말에 이르기를 '시는 뜻을 말하는 것이요〔詩誌〕, 노래는 말을 길게 하는 것이요〔歌永言〕, 소리는 길음(高下淸濁)에 의지하는 것이요〔聲依永〕, 율은 소리를 화하는 것이니〔律和聲〕, 팔음(八音. 여덟 가지 악기)이 잘 조화되어 서로 질서를 잃지 않아야 귀신과 사람이 화하리라' 했으니, 지금 이 악장을 연방원(聯芳院. 홍청들이 거처하는 곳)에 가르쳐 진연할 때에 부르게 하라" 하자, 승지들이 "이것은 성효(誠孝)에서 나온 것이므로 관현(管絃)에 올릴 만합니다" 했다.

장안에 봄 돌아와

장안에 봄이 돌아와
물 떨어지는 소리 더디고
바람은 따스하고 아지랑이 가벼운
경치가 기이하다.
이 모두 태평하고
조야가 안전한 덕이니
오래 취해
계집 희롱함도
무방하리라.

● 1505년(연산 11년) 12월 27일 작시

春回紫陌*漏聲遲
風暖輕烟景物奇
賴是太平朝野靜
不妨長醉弄粧姬

* 자백(紫陌) : 서울 거리. 서울 교외의 거리.

새해 첫날에 부쳐 1

삼양이 개태하니
서광이 빛나누나
새날이라, 잔치 올리는 성심
많기도 하여라.
전(殿)에 가득한 젊은 계집
교태 절로 풍겨나오니
태평을 노래하는 음악소리는
모두가 은혜를 구가함이로다.

• 1506년(연산 12년) 1월 1일 작시

三陽開泰*瑞光華

宴進誠心元日多

滿殿紅粧嬌自艶

昇平絲竹屬恩加

* 삼양개태(三陽開泰) : 세속에서 신년 송축사로 쓰는 말이다. 『주역』의 태괘(泰卦)가 정월에 해당하는데 태괘의 하삼효(下三爻)가 모두 양(陽)이므로 정월을 삼양이라고 부른 것이다.

새해 첫날에 부쳐 2

일기는 따뜻하고 바람은 훈훈하여
만물이 화락하니
봄빛이 새로이
관현(管絃) 속에 맴돌고 있네.
복이 오고 재앙이 물러감은
해마다의 일이니
천년의 무궁한 기원을
다시 올리오.

● 1506년(연산 12년) 1월 1일 작시

雲暖風和萬物融
春光新繞管絃中
福來災殄年年事
更獻千秋壽無窮

새해 첫날에 부쳐 3

가신(佳辰)에 기쁜 일이
대하는 것마다 새로움일세
계집의 고운 마음이
봄기운을 감돌게 하네.
어머님 나이야 길든 짧든
운수라 단념하지만
나만은
타고난 그대로 살으리라.

• 1506년(연산 12년) 1월 1일 작시

佳辰喜事對眸新
花柳芳心暗引春
莫問慈齡長短運
臣會期表與天眞

공명도 헛것이니

공명도 죽은 후엔
다 헛것이니
평시에 노래와 술로
편히 지냄만 못하여라.
한 번 청년으로서
황토의 나그네 되면
세상에 돌아오지 못하는
그 한이 어떠하리.

• 1506년(연산 12년) 1월 15일 작시

功名身後盡空虛

不似平時樂醉舒

一作青年黃壤客

難回於世恨何如

■ 시 아래 이런 말을 썼다. "군자는 비록 죽음을 근심하지 않는다. 하나 만약 천운(天運)을 당하면 어찌 슬픔이 없으리오!"

술병을 옆에 차고

풍속이 바뀌고 고쳐져서
참으로 밝은 때인데,
봄빛이 따스이 빛나
감싼 경치 기이하여라.
이로부터 태평세월
조야가 조용하니
술병을 옆에 차고
꽃가지를 꺾는 것이 제일 좋겠네.

• 1506년(연산 12년) 1월 19일 작시

風移俗革正明時
春色輝和繞景奇
自是太平朝野肅
不如携酒折花枝

■ 이 시는 내약방(內藥房)에 내려졌다. 내약방은 내의원(內醫院)의 별호로 임금이 복용하는 약을 제조하는 관청이다.

달빛을 옮겨다가

풍경을 사랑하고 탐하여
밤까지 계속하니
취중에 듣는 노래에
호탕한 뜻이 많다.
그 누가
다락집의 밝은 달을 아까와하여
고운 빛을 옮겨다가
복숭아를 감싸게 할 것인가.

• 1506년(연산 12년) 1월 22일 작시

愛風貪景繼良宵
醉裏笙歌蕩意饒
誰惜瓊樓和月色
娟光移繞倚春桃

▌승정원에 내렸다.

한 잔의 막걸리

참새는
가지를 다투다가 떨어지고
벌레들도 뜰에 가득
노닐고 있네.
막걸리야,
누가 너를 만들었더냐.
한 잔으로 온갖 시름을
모두 흩어버리네.

• 1506년(연산 12년) 1월 25일 작시

掉雀爭枝墮

飛笠滿院遊

濁醪誰造女*

一酌散千憂

* 녀(女) : 여(汝)와 같은 뜻으로 쓰임.

▌승정원에 내리고 화답시를 바치게 했다. 〈어서〉라고 기록되어 있다.

화정(畵亭) 잔치

여러 신하에게 특별히
화정 잔치 허락하고
한가히 꽃과 술로
태평세월 생각하네.
어찌 은덕이 두터운 것만
다투어 기뻐할 것인가.
모두 충성을 생각하여
정성을 바쳐야 할 것이다.

• 1506년(연산 12년) 1월 27일 작시

特*許群賢宴畵亭
閑憑花酒覺昇平
何徒爭喜鴻恩*厚
咸欲思忠獻以誠

* 『해동야언(海東野言)』, 『패관잡기(稗官雜記)』등에는 〈時〉로 되어 있으나 〈特〉이 옳다.
* 홍은(鴻恩) : 큰 은덕. 여기서는 연산군이 신하에게 준 은덕. 놀게 해주었다는 뜻이다.

■ 뒷날 조신(曺伸)이 차운했는데 그 시는 아래와 같다.

撤人廬金摠爲亭　남의 집 헐어서 정자 만들고
採却靑紅作運平　많은 여자 뽑아서 운평을 만들었네
誅盡元勳屠諫輔　원훈과 간신을 다 죽이고
只留皀帽表忠誠　내시들만 남겨서 충성하게 여겼네.

운대(雲臺) 모임

어진 이를 중히 여겨
운대 모임 허락하니
봄날에 먼 길을
떠나기 재촉하네.
취하여 이 달밤만
그리워할 뿐이랴.
돌아와 풍악 들으며
자꾸 거니네.

● 1506년(연산 12년) 1월 27일 작시

重賢寬許會雲臺
春滿長途叱發催
不啻醉憐開夜月
歸牽歌管可重徊

■ 연산군이 장의문(藏義門) 밖 조지서(造紙署) 터에 새로 궁을 지으려다 말고, 먼저 탕춘대(蕩春臺)를 봉우리 위에 쌓았다. 또 봉우리 밑에 좌우로 흐르는 물을 가로질러 돌기둥(石柱)을 세워 황각(黃閣)을 세우고 언덕을 따라 장랑(長廊)을 이어 짓고 모두 청기와를 이으니, 고운 색채가 빛났다. 여러 신하들에게 과시하고자 놀고 구경하기를 명하였는데, 이 탕춘대는 연산군의 온갖 음란 연회의 장소가 된다. 앞의 절구 「화정 잔치」와 이 절구는 신하들에게 좋은 놀이터를 제공한 연산군 자신의 덕을 자랑한 시이다. 뒷날 조신이 이 시를 차운했는데 다음과 같다.

萬人騈死築葱臺　서총대 쌓느라고 만인이 죽었는데
舞罷迓祥賜錦催　춤추고 난 기생에게 비단을 내려주네.
忸怩欲尋諸弟骨　부끄러운 기색으로 여러 아우의 뼈를 찾고자
却於海上暫徘徊　문득 바다 위에서 잠시 거닐고 있네.

돌아 온 하등극사(賀登極使)

얼마나 그리워하고
시름도 많았던가.
묻노니, 돌아온 길
그 기쁨이 어떠한고?
특별히 여러 신하 보내어
문 밖에서 맞이함은
모두가 왕후의 친족이라
총영이 빛남일세.

• 1506년(연산 12년) 2월 12일 작시

幾番深戀暗愁多

問道回程喜意何

特送群英門外迓

都緣椒族* 寵榮華

* 초족(椒族) : 왕후(王后)의 친족.

■ 이 날, 명나라 무종(武宗)의 등극을 하례하기 위해 하등극사(賀登極使)로 떠났던 신수근이 돌아왔는데, 이 시를 그에게 내리고, 승지들에게 문 밖까지 나가 마중하고 위로하게 했다.

임금을 업신여기는 마음

조정을 기만하였으니
이치에 어긋남이 심한데
누가 규보(奎報)에게 사사로이 전하여
읊게 하였던가.
임금과 신하의 의리는
충성이 두터운 데 있나니
청명한 때
임금을 업신여기는 마음 배우지 말라.

● 1506년(연산 12년) 2월 24일 작시

欺忍朝廷悖理深
誰私奎報使傳吟
人臣義在忠誠厚
莫學淸時慢主心

■ 이규보(李奎報)가 지은 시 「홍경 연못 가에 지치〔紫草〕가 번성하여(興慶池邊紫草繁), 맑은 향기가 코를 찌르는 것이 난초와도 같더라(淸香撲鼻似蘭蓀). 이 풀이 취한 것을 깨게 한다 말하지 마오(莫言此草能醒醉). 군왕이 여색에 혼취한 것은 풀지를 못하여라(未解君王色醉昏).」를 연산군이 보고 무슨 뜻이냐고 물으니까 승지 권균이 "기롱하고 조소한 말이 있으니 취할 만한 것이 못됩니다"하자 이 시를 지어 내렸다.

짐짓 미친 짓

가벼운 대답은
깊은 믿음을 알고
사사로운 말은
두터운 친함을 느낌이다.
호기를 냄은
천성을 따른 것이고
짐짓 미친 짓은
천진함으로부터 온다.

• 1506년(연산 12년) 2월 25일 작시

輕對知深信
私言感厚親
發豪從本性
狂作自天眞

■ 연산군 10년 무렵부터 광적인 행동을 많이 보였는데, 연산군은 그것이 천진함에서 비롯되는 것이라고 변명하고 있다.

해 학(諧謔)

임금과 신하의 해학을
말하지 말라.
나무라고 비웃음은
나라를 어지럽히는 사람이다.
덧없는 삶을 누가
애석히 여기지 않으랴.
봄 핑계로 술에 취한다고
어찌 만족하겠는가.

• 1506년(연산 12년) 2월 25일 작시

莫言君臣謔

譏啁亂國人

浮生誰不惜

何厭醉憑春

▮ 여러 신하들과 어울려 기이한 주연을 많이 벌이니까 이를 두고 말이 많자 "나무라고 비웃는 사람은 나라를 어지럽히는 사람"이라고 공박했다.

충성스런 도움으로

늘 부끄럽소, 박덕한 내가
선왕의 빛을 이은 것이.
매양 기쁘다오,
삼정승이 모두 뛰어났으니.
승정원의
충성스런 도움을 받으매
간사한 무리들의 싸늘한 간장을
다시금 알겠도다.

• 1506년(연산 12년) 3월 1일 작시

常慙德薄繼前光
每喜三台摠俊良
第保銀臺忠悃輔
更知邪黨已寒腸

■ 의정부 · 육조 · 사헌부 · 종친의 당상을 경복궁 근정전에 모아 음식을 나눠주며 내린 시이다.

임숭재(任崇載)를 생각하며

이 좋은 철에 다시
누구와 즐길소냐.
슬픔이 애절하여
뼈와 살을 에이는 듯.
꾀꼬리와 나비는
괴로운 심정 모르고
부질없이 춘색을 뽐내며
이 외로움을 비웃으며 우네.

• 1506년(연산 12년) 3월 2일 작시

良辰誰與更同娛
哀迫悲深剜骨膚
鶯蝶不知心事異
謾誇春色笑語孤

■ 임숭재는 성종의 후궁 숙의 김씨의 딸 혜신옹주(惠愼翁主)의 남편이다. 그 아버지 임사홍과 더불어 연산군의 파행정치에 빼놓을 수 없는 인물이었는데, 연산군 11년 병으로 죽었다. 그가 병이 날 무렵부터 임사홍이 그의 뒤를 이어 채홍준사가 되어 일했다. 임숭재는 많은 미녀를 바쳐 연산군의 총애를 받았고, 연산군은 궁과 그의 집 사이를 모두 헐어 버리는 등 많은 혜택을 주었다. 혜신옹주마저 연산군이 범했기 때문에 죽은 임숭재의 입에 돌을 끼워 말하는 일이 없도록 했다는 기록도 있다. 그 임숭재를 추모한 시다.

늙은 부모께 즐거움을

비 속의 바람결이
화하고 훈훈하여
향긋한 복숭아와 오얏꽃은
봄산에서 아양떠네.
은대에는 반드시
늙은 부모 모신 이 있으리니
꽃 핀 때 이 시절에
즐거움을 드리게 하라.

● 1506년(연산 12년) 3월 14일 작시

雨中風色政和寬
爛香桃李媚春山
銀臺必有慈親老
趂取花時可奉歡

▌시를 쓰고 그 아래에 이렇게 썼다. "어버이를 그리워하는 것이 어찌 아래위가 다르랴? 만약 이때에 한번 어버이의 은혜를 갚지 않으면 후회해도 소용없을 것이다."

취하기 사양 말라

태평한 때 자주 놀아
취하기 사양 말라.
한 번 황천 건너가면
다시 오지 못하리니.
괴로이 헛명예를 좇는 일이
참으로 가소롭구나.
누가 능히 임금 마음을
기쁘게 하리.

● 1506년(연산 12년) 3월 18일 작시

淸時莫厭頻遊醉
一涉黃泉定不回
苦釣虛名眞可笑
誰能端令悅君懷

■ 헛명예를 좇아 간하기 좋아하기보다 항상 술과 미인으로써 임금과 함께 노는 신하가 더 좋다는 뜻의 시이다.

봄

동산에 가득한 봄은
햇빛에 찬란한데
꽃바람이
새로 단장한 옷자락을 펄럭이네.
짙은 녹색 연분홍이
번화도 하구나.
그 누가 청렴한 듯
이슬 향기 가져왔나.

● 1506년(연산 12년) 3월 19일 작시

滿苑春色爛艶陽

芳風和拂麗新粧

濃綠嫩紅繁華地

誰奉淸狂*竊露香

* 청광(淸狂) : 너무 결백한 것. 지나치게 청렴하여 도리어 경원당하는 사람.

나는 호걸

대궐 안에서
꽃과 달의 시귀를
누가 가르쳤던가.
두고 읊으며 생각은 간절하고
정분은 더하기만 하네.
다시 보매 복숭아 오얏꽃이
밝은 햇살이 둘렀나니
나야말로
삼한에서 제일가는 호걸이지.

• 1506년(연산 12년) 3월 20일 작시

誰教宸裏花月句
留吟思婉款情高
更看桃李昭陽擁
眞覺三韓第一豪

▮ 이 시를 강혼에게 내리자 강혼이 화답하며 이 시를 칭찬하였다. 연산군이 또 시를 내렸다.

천한 산 과일이

빛은 단사(丹砂)보다 나아
마른 폐를 적셔주고
맛은 앵두와 같아
시드는 얼굴을 새롭게 하네.
누가 알았으리,
산중에서 가장 천한 과일이
천금의 값어치로
대궐에까지 바쳐질 줄을.

• 1506년(연산 12년) 3월 23일 작시

色勝丹砂*霑渴肺
味堪櫻實改衰容
誰知山中最賤菓
價直千金獻九重**

* 단사(丹砂) : 주사(朱砂). 홍색으로 광택이 나는 광물. 정제해서 염료와 약으로 쓰이기도 한다.

** 구중(九重) : 궁중(宮中). 궁궐.

■ 어을어밀장(於乙於密醬. 산에서 나는 과일 이름의 이두 표기음)을 승정원에 내리며 쓴 시이다.

배꽃을 주며

조정도 편하고 변방도 안정된 것은
풍속이 순해서이니
낮이 긴 승정원에
한가로운 꿈이 잦다.
가장 애석한 것은
어여쁜 화초가 핀 날이 적음이기에
배꽃을 손으로 꺾어
새롭게 영화를 베푸노라.

• 1506년(연산 12년) 3월 24일 작시

朝安邊帖自風純

晝永銀臺閑夢頻

最惜芳菲餘日少

梨花手折布榮新

▮ 배꽃〔梨花〕 한 가지를 승정원에 내리며 함께 내린 시

종친 잔치

화류가 고움을 다투어
풍경이 새로운데
옹상루(擁祥樓) 아래에서
종친 잔치 벌렸네.
균천악(鈞天樂)을 아뢰는 속에
다투어 더욱 예쁘려 하니
화기가 왕성하여
윤기를 펴기에 알맞구료.

• 1506년(연산 12년) 3월 24일 작시

花柳爭姸景色新

擁祥樓下燕宗親

鈞天樂* 裏爭增艶

和氣氛氳洽叙倫

* 균천악(鈞天樂) : 아주 미묘한 천상(天上)의 음악.

마 음

화류의 꽃다움이
한창 무르익을 때
동산에는 아름다운 나비도
드물게 오네.
동군이여, 권하노니
권화를 어기지 말고
다시 봄 화기로
내 마음을 위로해 주오.

• 1506년(연산 12년) 3월 25일 작시

花柳芳菲政蕩時

名園金玉蝶來稀

東君願不回權化*

更放春和慰我思

* 권화(權化) : 부처·보살이 중생을 제도하기 위해 이 세상에 나타나는 일.

시름을 잊고

봄이 아까워
푸른 강에서 놀기를 허락했으니
술잔 속에서
온갖 시름을 다 잊으리라.
취하여 노래 들으면
돌아오고 싶지 않으니
화류를 거듭 어여삐 여겨
오래 머무려무나.

• 1506년(연산 12년) 3월 29일 작시

惜春恩許碧江遊
盃裏能消萬斛愁
醉聽笙歌歸意緩
更憐花柳可遲留

■ 승지들을 한강에 나가 놀게 하고 주악(酒樂)을 하사하며 내린 시.

술 내림의 뜻

어질고 뛰어난 이를 특히 뽑아
서호로 보낸 뜻은
참으로 충성한 자 구함이지
속이는 자 구함이 아니다.
바람은 아지랑이 빛을 끌어
푸른 물결에 더하고
경치는 화창한 빛을 밀어
향기로운 술병 띄웠네.
길을 막은 화류는
예쁜 맵시를 다투고
정자에 가득한 여인은
날씬하기를 겨루누나.
뉘 알리,
넓은 은혜와 정성으로 내린 술이
취중에도 나라 보전에
더 힘쓰란 뜻인 줄을.

• 1506년(연산 12년) 3월 29일 작시

特抽賢俊送西湖
以取眞忠不取誣
風曳嵐光添綠浪
景推和色泛芳壺
擁途花柳爭矯爛
滿亭紅粧鬪態姝
誰料汪恩誠賜下
醉中增勉保邦圖

■ 앞의 시 「시름을 잊고」를 내려 놀게 한 승지들에게 다시 술과 이 시를 내리며 술에 담긴 뜻을 알라고 했다.

명 훈(命訓)

심중의 오만함을
힘써 물리치고
총애가 큼을
깊이 생각하라.
만약
모든 명훈을 어긴다면
우뢰같은 노여움을
피하기 어려우리.

• 1506년(연산 12년) 4월 20일 작시

勉却中懷慢

深思寵對恢

若違凡命訓

難避迅威雷

■ 승정원에 내리고 화답시를 바치게 했다.

꽃에 잠든 나비

발그레하고 토실토실한
살결의 윤기가 반들거리고
향기 아끼는 아리따운 맵시가
괴로움에 녹는다.
말없이 누각 위에서
홀로 고민하면서
어지러이 날다 꽃에 잠든 나비를
남몰래 보호한다.

• 1506년(연산 12년) 4월 20일 작시

艶富繁紅色膩濃

惜香憑態惱風融

無言獨爛瑤臺* 上

暗護狂飛蝶宿叢

* 요대(瑤臺). 옥(玉)으로 만든 대(臺). 아름다운 누각.

▮ 승정원에 내리고 화답시를 바치게 했다.

이태백을 노래함

중국 이태백의 재주
조야가 다 알고
'연주시'의 호방한 운(韻)
당시의 으뜸일세.
문사들의 기운을
압도할 뿐만 아니라
여럿의 스승 되어
보사(寶詞)를 지으리.

● 1506년(연산 12년) 4월 21일 작시

華謫仙*才朝野知
聯珠**豪韻冠當時
非徒壓奪文林氣
應作群師有寶詞

* 적선(謫仙) : 인간 세계에 귀양온 신선. 이백(李白) · 소식(蘇軾)을 이름.

** 연주(聯珠) : 아름다운 시를 읊은 책.

사계화를 내리며

한 떨기 꽃
비에 젖어 산뜻하여
머금은 교태
만지는 이 적다고 호소하는 듯.
향기를 주워 코에 댐을
은대에 허락하노니
모름지기 꽃 감상함이 진실되다고
너그러이 논하라.

• 1506년(연산 12년) 4월 26일 작시

一朶芳姿浥雨新
含矯如訴少攀人
拾香許取銀臺鼻
須奉寬論賞花眞

■ 사계화(四季花)를 승정원에 내리며 준 시.

모후를 위하여

장하게 선 선봉은
푸른 하늘에 솟았고
신령스런 자라와 학은
때 맞추어 조화를 이루네.
뭇 영재는 연회에 감사하여
충성스런 마음이 흡족하고
외로운 귀신은 구석을 부끄러이 여겨
간사한 마음이 괴롭네.
안개 낀 누각에는
곱게 단장한 용가가 돌고
구름 사다리의 노래소리는
봉루가 아득하다.
이는 구경에 팔려
민력을 괴롭힘이 아니라
모두 모후를 위하여
장수를 표하는 것이로다.

• 1506년(연산 12년) 5월 4일 작시

壯起仙峯聳碧霄

神鰲靈鶴應時調

群英感宴忠臟洽

孤鬼羞幽譎腑憔

霧閣粧姿龍舸*廻

雲梯歌管鳳樓遙

是非留玩勞民力

都爲東朝** 表壽饒

* 용가(龍舸) : 이백의 시에 임금이 타는 큰 배라는 뜻으로 쓰인 바 있다.

** 동조(東朝) : 수렴청정하는 태후(太后)를 일컫는 말. 여기서는 연산군의 계모 자순대비를 가리킨다.

▌ 큰 판(大版)에 황지(黃紙)를 붙여 이 시를 썼다. 〈어서〉라고 기록되어 있다.

아리따운 나무

아리따운 나무가 꽃을 토하니
붉은 꽃이 비를 겪고
주렴에 버들개지 날아드니
흰꽃이 바람에 놀라네.
누른 빛에 새벽 빛이 겹쳐
푸른 빛이 버들에 퍼지는데
가루가 하늘에서 떨어지니
소나무에 덮이는 눈이로다.

• 1506년(연산 12년) 5월 7일 작시

芳樹吐花紅過雨
入簾飛絮白驚風
黃添曉色青舒柳
粉落晴天雪覆松

■ 회문고시(回文古詩)의 형식으로 쓴 시다. 회문고시는 한시(漢詩) 체의 한 가지로서, 위에서부터 내려 읽거나 끝에서부터 역으로 읽거나 모두 말이 되는 시이다. 〈어서〉라고 기록되어 있다.

교태 품은 얼굴

구름 몰리듯
검푸른 머리칼이 헝클어졌고
물결 일렁이듯
푸른 휘장 움직이네.
아리따운 태도는
그렸으면 좋겠고
교태 품은 얼굴은
요기(療飢)할 만하여라.

• 1506년(연산 12년) 5월 7일 작시

雲偏鬆綠髮
浪颭動靑想
狎態堪歸畵
矯顔可療飢

■ 아름다운 미녀를 두고 쓴 시로 보인다. 〈어서〉로 기록되어 있다.

가득한 홍취

향기로운 꽃이 이슬을 머금어
봄날에 빛나는데
그림자 어린 아지랑이는
바람에 감도네.
미친 듯이 취한 생각에 얽혀
호기로운 홍취가 가득한데
맑은 연기 채색 구름은
푸른 솔에 걸려 있네.

● 1506년(연산 12년) 5월 8일 작시

芳華露帶春華日
轉影香烟繞曖風
狂絆醉思豪滿與
淡烟雲彩成蒼松

▮ 이 시를 내리고 승지에게 화답하게 했다. 〈어서〉로 기록되어 있다.

노곤(魯坤)을 조롱함

방에 드니 아내는 도망하여
베개만 안고 배회하고
문을 나서니 종들은 흩어져
안장을 메고 오네.
무더운 날씨에
한 벌의 솜옷이 좁은데
부끄러운 땀 흘러
옷깃 적시니
안타까움 어쩔 수 없네.

• 1506년(연산 12년) 5월 17일 작시

入室妻逃擔枕回
出門奴散負鞍來
炎天一幅綿衣窄
羞汗添襟恨不裁

▍내관 노곤(魯坤)이 장가든 것을 조롱한 시이다.

복되기를 비는구나

정성스런 생각으로
누각에 잔치 베푸니
경모하는 한 마음은
정녕코 꺾이지 않네.
계집들 춤추니
그 향기 자리에 떨어지고
술동이 기울이니
푸른 술빛 잔에 가득하도다.
둥근 연잎 푸르러
연못에 무성하고
연기 어린 실버들
옥대(玉臺)를 쓸어주네.
종일토록 선악(仙樂) 속에
즐거움을 받들어
길이길이 복되기를
절하여 비는구나.

• 1506년(연산 12년) 5월 22일 작시

宴開樓閣以誠懷
敬慕丹心定不摧
紅粉舞回香落席
芳樽傾瀉綠流盃
圓荷舒碧繁瑤沼*
嫩柳含烟拂玉臺
永日承歡仙樂裏
拜祈千歲福遐恢

* 요소(瑤沼) : 요지(瑤池). 옥(玉)의 연못.

자주 취하라

명예를 구하느라
수고하지 말고
모름지기 자주
술에 취하라.
이 세상 한 번
떠나버리면
황천 나그네
면하기 어렵나니.

• 1506년(연산 12년) 5월 24일 작시

莫就勞名釣

須行醉酒頻

一成辭世去

難免九泉*賓

* 구천(九泉) : 저승. 황천(黃泉).

■ 중신들에게 선온과 풍악을 내리며 준 시이다.

단심(丹心)의 정성

국가를 소홀히 여기고 임금을 기만함은
용서할 수 없는 죄요,
몸을 아끼고 명예를 구함은
간흉들의 짓이로다.
누가 능히
단심의 정성을 가져다 바쳐
큰 은혜 갚으며
태평세월 즐기게 하려는고.

• 1506년(연산 12년) 6월 1일 작시

慢國欺君罪不容

惜身名釣是奸兇

誰能抱獻丹忠疑

謨報鴻私樂世雍

▌시를 내리고 승지들에게 화답하여 바치게 했다.

도끼로 다스리다

동료를 두려워하고 임금을
가벼이 여기면
그는 간신이라,
취한들 어찌 망령되이
제 몸 중함을 생각하랴.
만약 속이고
간사한 말 하는 자 있으면
부월이 우뢰처럼 진노함을
면하기 어려우리.

• 1506년(연산 12년) 6월 3일 작시

畏僚輕主是奸臣

雖醉何思妄重身

若發狂邪言者有

難逃鈇鉞* 自雷嗔

* 부월(鈇鉞) : 작은 도끼와 큰 도끼. 모두 형구(刑具)이다.

■ 시를 내리고 승지들에게 화답하여 바치게 했다.

가 인

눈썹은
봄버들인 양 곱고
얼굴은 이슬 머금은 꽃송이처럼
아름답네.
붉은 입술 속의
흰 이를 드러내어
능히 탕부들의
간장을 끊는구나.

• 1506년(연산 12년) 6월 3일 작시

眉似春姸柳
顔如露蕚芳
朱唇開晧齒
能斷蕩夫腸

■ 시를 내리고 강혼에게 화답하게 했다.

풍운의 좋은 모임

비 온 뒤 서늘한 바람
더위를 걷어가고
연못 안의 둥근 잎은
원앙을 덮고 있네.
명군(明君)과 현신(賢臣)의 만남
신선 세계로 오른 듯
어찌 은혜를 생각하며
옥잔 기울이기를 마다하랴.

• 1506년(연산 12년) 6월 4일 작시

雨後凉颸歛署光
嫩池圓葉盖鴛鴦
風雲佳會*登仙界
何厭思恩倒玉觴

▮ 풍운가회(風雲佳會) : 밝은 임금과 좋은 신하가 서로 만나는 것을 말한다.

은혜를 저버리면

나라에서 선원을 세워
스스로 화목한데
뉘 장차 근심하는 마음으로
충성스레 보답할고.
흉계 품고
영화로운 은혜 저버린다면
큰 벼락 맞을 신세
면하기 어려우리.

• 1506년(연산 12년) 6월 4일 작시

國建璿源* 自睦親

誰將耿耿** 報忠眞

懷兇若負光榮惠

難逭雄雷迅震身

* 선원(璿源) : 선(璿)은 천자의 상징인 옥. 따라서 선원은 왕가(王家)의 근원.

** 경경(耿耿) : 근심한다는 뜻.

놀아볼 길 없다

높고 긴 양귀비의 피리 소리
유랑히 들리는데
뭇 광대들이
대궐을 어지럽히네.
마음이 사나와
전하는 소리 익숙함을 투기하고
용모가 누추하여
보배로이 꾸민 머리를 시기하네.
우선의 꾀를 교묘히 끌어와
신분을 업신여기고
망령되이 무리들 뜻에 아첨하여
피곤한 수인을 현혹하네.
진흙길에 몹시 더워
부끄럼과 눈물이 뒤섞이니
다시는 요대에서 은혜 입어
놀아볼 길 없도다.

• 1506년(연산 12년) 6월 5일 작시

高皇楊妃笛亮颸
冒群倡輩汚朱樓*
心獰暗妬傳音習
容陋多猜寶艷頭
牽巧姑謀輕誘訊
妄阿朋意眩疲囚
泥途苦暑羞兼淚
無復瑤臺被惠遊

* 주루(朱樓) : 붉게 칠한 누대, 즉 대궐.

해바라기에 부쳐

물건은 작을지라도
성질은 한결같은데
인정의 번복은
헤아리기가 어렵도다.
윤필상 이세좌는
간악함을 탐한 죄로 죽었으니
해를 사랑해 따르는
해바라기 부끄러우리.

• 1506년(연산 12년) 6월 12일 작시

品物如微性最常
人情飜易固難量
弼商世佐*貪奸戮
應愧紅葵愛向陽

* 윤필상(尹弼商), 이세좌(李世佐) : 갑자사화 때 연산군에게 사사된 대신들이다.

▌해바라기를 승정원에 내리며 함께 내린 시이다.

대비 전에

화산봉우리
없어지도록 수하시고
푸른 강물
마를 때까지 복 누리소서.
정성스런 마음으로
은혜 갚기 생각하여
옥술잔에다
또 옥술병을 드립니다.

• 1506년(연산 12년) 6월 21일 작시

壽期華嶽爛
福指碧河枯
丹慤思報恩
瑤觴併玉壺

■ 자순대비(성종 계비 윤씨. 연산군의 계모)의 생일은 6월 26일인데, 그때 쓸 술그릇에 새기도록 내려준 시이다.

한없는 가을 시름

대궐 뜰 오동잎에
밤비 소리 싸늘한데
귀뚜라미 귀뚤귀뚤
이 내 수심 일으키네.
한가로이 거문고에
새 곡조를 올려보니
한없는 가을 시름
흥과 함께 더욱 기네.

• 1506년(연산 12년) 7월 1일 작시

夜靜殿頭桐雨凉

寒喞喞*起愁腸

瑤琴閑取飜新曲

無限秋思興轉長

* 즉즉(喞喞) : 벌레가 요란스레 우는 소리.

으뜸 신하 강혼

재주는 유림의 으뜸이요
덕은 무리의 으뜸인데
왕사를 봉행함에
그 뜻이 부지런하도다.
서대를 특사 받아
충성과 영화 흡족하거니
교만 완악하여
충성스런 도움을 저버리지 마오.

• 1506년(연산 12년) 7월 1일 작시

才冠儒林德冠群

奉行王事志居勤

腰犀*特賜忠榮洽

莫作驕頑負忠責

* 요서(腰犀) : 무소 가죽으로 만든 허리띠. 서대(犀帶)라고도 한다. 본시 일품 관리들이 두르는 것으로 아마도 연산군은 강혼을 총애하여 정3품 도승지임에도 이것을 하사한 듯하다.

▌강혼에게 내려준 시이다.

수박을 내리며

왕의 일 꺼리지 않고
더운 날씨에 고역하네.
수박으로 목마름
풀어주노니
은혜 생각하여
성의 다하오.

• 1506년(연산 12년) 7월 5일 작시

不避承王事

炎天苦與非

冰瓜*蠲渴肺

思惠務誠宜

* 빙과(冰瓜) : 서과(西瓜) 또는 수과(水瓜)가 수박이란 뜻인데, 빙과는 얼음에 채운 수박이란 뜻으로 해석함이 좋을 듯하다.

■ 승지 강혼 · 한순(韓恂) · 김준손(金俊孫)이 궁방(弓房)의 잡물 수납을 감독하였는데 연산군이 서과(西瓜)를 하사하고 이 시를 내렸다. 이 날의 『연산군 일기』 기록을 보면 다음과 같은 글이 있다. "왕은 시 짓기를 즐겨 스스로 능하다고 자처하였고, 어제찬집청(御製撰集廳)을 별도로 설치하여 임사홍 · 김감으로 맡게 하고, 비점(批點)과 주해(註解)를 하도록 했다. 늘 승정원에 시를 내리면 강혼 등이 극구 찬양하므로 왕 역시 그 말을 믿어 대우가 후했다."

성절사를 보내며

경은 후족과 연줄이니
모든 신하와 다르며
옛날 춘궁 때에도
힘써 보필하였지.
만리 길에 얼마나
안개 낀 산을 넘으며
천리 길 바람 센 나루를
어떻게 건널고.
어버이 생각에 밤마다
응당 마음 설레리니
임금 사모해서
때때로 어찌 정신 쓰겠소.
특별히 승지 보내
문 밖에서 전송하노니
나의 글로 하여
눈물 적시지 마오.

• 1506년(연산 12년) 7월 5일 작시

卿緣后族* 異群臣

舊有春宮** 勉弼純

萬里幾經橫霧岫

千程何渡怒風津

思親夜夜應紛緒

戀君時時豈動神

特遣黃門*** 門外餞

莫因宸翰**** 淚沾巾

* 후족(后族) : 왕족(王族).

** 춘궁(春宮) : 태자(太子).

*** 황문(黃門) : 대궐의 문.

**** 신한(宸翰) : 천자(天子)의 친서(親書).

■ 동지중추부사(同知中樞府事) 성세순(成世純)을 중국에 신년 하례하는 성절사(聖節使)로 보내면서 시를 내리고 "성세순은 후족의 연줄이니, 지나가는 도(道)마다 먹을 것을 주게 하고, 강 건널 때 잔치를 베풀어 주라"고 명했다.

한순에게

영화는 초방
벼슬은 은혜로 시작하여
소임이 승지니
총애가 번성하다 하겠네.
순수한 뜻 돌려
도우려는 생각 싫어하지 마오.
그르치면 면하기 어려워
그땐 패망하리.

• 1506년(연산 12년) 7월 14일 작시

榮自椒房*位自恩

任關喉舌**寵云繁

莫回純志憎思補

當誤難逃初敗黐

* 초방(椒房) : 후비(后妃).

** 후설(喉舌) : 임금의 말을 기록하는 벼슬. 여기서는 승지를 말함.

■ 승지 한순(韓恂)에게 내려준 시.

떨어진 열매

복숭아나무 가꿔
열매 둘이 열었는데
하루 밤 센 바람에
모두 뜰에 떨어졌네.
가꾼 은근한 공
허사로 돌아가니
무슨 일로
하늘은 이다지 무정한가.

• 1506년(연산 12년) 7월 17일 작시

手*栽桃樹結雙成

一夜狂風盡落庭

灌養慇懃空自棄

天公何事太無情

* 수(手) : 『연산군일기』에는 〈樹〉라고 되어 있으나 〈手〉가 옳다.

■ 이날 어서(御書)로, 나라가 망하는 것은 풍류나 여색 때문이 아니고 신하가 간사한 것 때문이라는 말을 써 내렸다.

아침을 버리고

아침을 버리고
충직을 택하니
은혜는 존경을 아는 데서,
벼슬을 공정한 데서.
누가 알리,
오늘에 천지가 화합하여
끝내
제 뜻으로
하지 못할 줄을.

• 1506년(연산 12년) 7월 22일 작시

不取回諛取款忠
恩猶識敬爵由公
誰知此日乾坤協
終始無由建意通

사직만 할 것인가

은혜를 믿어
나라를 가볍게 여김은
사특한 신하이니,
충성을 생각함이
순수함임을 믿어야 하네.
쓰고 버림은 오로지
임금의 밝고 어두움에 있거니
어찌 잘못된 예를 따라
사직만 할 것인가.

• 1506년(연산 12년) 7월 23일 작시

恃恩輕國是邪臣
當信思誠可謂純
取舍都由君聖暗
何隨虛例瀆辭陳

▌당대 대신들인 김수동 · 민효증 · 송일 등이 사직하기를 청하므로 이를 윤허하지 않으며 쓴 시다.

대비전에 감사드리며

곱게 물든 노을은
누런 구름에 닿아 있고
궁전에 꽃이 날려
휘황히 눈부시네.
깊은 사랑 나에게 중한 줄
누가 알랴.
넓은 은혜로 내리신
붉은 치마에 황홀하네.

• 1506년(연산 12년) 7월 26일 작시

紫霞含艷濕黃雲
芳散瓊樓耀眼紛
誰覺深慈臣*被重
況然寬惠到紅裙

* 신(臣) : 대비에게 올리는 시라 연산군 스스로 신이라고 썼다.

■ 연산군이 여러 번 술 취한 몸으로 자순대비에게 폐비 일을 말하는 등 무례하게 굴자 자순대비는 옷과 패물로써 연산군의 마음을 달랬다. 연산군이 이 시를 올리고 "대비전의 은혜에 감사드리는 시"라 했다.

붉은 꽃

아리따운 붉은 꽃
누굴 위해 예쁘고 짙은지
동군에게 아양떨며
녹음지지 아니하네.
미친 나비
꽃소식이 빠른 줄은 모르고
부질없이 꽃술 빨아
꽃심만 상하네.

• 1506년(연산 12년) 7월 27일 작시

嬌紅誰爲艶濃深

暗媚東君不綠陰

狂蝶不知花信速

謾貪粘蘂損芳心

■ 『연산군일기』에 사시화(四時花) 절구로 되어 있다. 시를 내리고 비유한 뜻을 논평하게 하자. 승지들이 "꽃봉오리 교태로운 붉은 빛이 그 누구를 위하여 짙은 색으로 고우냐 하면, 이는 응당 남몰래 동군(東君)에게 곱게 보여 녹음이 지지 못하게 하려는 것이며, 꽃다운 시기는 쉽게 지나가고 꽃소식도 오래 가지 못하는 것인데, 호기차고 광포한 나비는 이 뜻을 알지 못하고 부질없는 탐심을 부려 봉오리에 붙어 앉아 꽃심을 상하게 한다"고 하기도 하고 "꽃이 동군에게 아양떨고, 미친 나비가 꽃술을 탐하는 것을 말했을 뿐 아니라, 물(物)을 인용하여 비유한 뜻이 은연 중에 말 밖에 나타나 있다"고도 했다.

늙은 여인

주름진 얼굴 굽은 허리에
쑥대머리를 흐트리고
찬 마루에 구부리고 자며
옛놀이 생각하네.
남의 비웃음은 모르고
발을 제치고 바라보며
누가 나의 호기 당하랴
웃음치며 과시하네.

● 1506년(연산 12년) 7월 28일 작시

皺顔腰屈挑蓬頭

縮宿寒床憶舊遊

不覺人譏掀箔望

笑誇豪氣我儔誰

■ 시 아래에 "이것을 보면 흥청(興淸)이 보통 사람과 다름을 알리라"고 썼다. 시를 내리면서 "이것은 늙은 운평을 비웃은 시니, 정원(政院)은 화답하여 올리라"고 명했다. 운평은 궁에 뽑혀온 기생들에게 연산군이 붙인 이름이다.

눈물 지은 미인

푸른 이슬 밤에 맺혀
비단 치마 적시고
가을바람 소슬하여
애띤 간장 녹이누나.
난간에 기대
기러기 소리 들으면
달빛만이 차가와
눈물진 눈시울에
슬픈 마음 못 이기네.

• 1506년(연산 12년) 7월 30일 작시

翠露凝宵濕絳裳
金風蕭瑟斷芳腸
憑闌聞上蟾光冷
淚滿星睚不勝傷

■ 시의 뜻을 물으니 승지들이 "취로(翠露) · 금풍(金風) · 문안(聞上) · 섬광(蟾光) · 성애(星睚) 등의 말은 곧 부녀자의 사연인 듯하오며, 또한 격조와 운율이 청고(淸高)합니다" 했다. 연산군은" 이것은 미인(美人)을 대신하여 지은 시다" 했다.

복숭아나무와 나비

동산에 옮겨 심은
복숭아나무
만나지 못한 한(恨) 그 얼마이더냐
남몰래 고운 얼굴 아끼며
부질없이 정 보내네.
이 몸 죽어
나비 되어
예쁨 훔치고자 하나
구중궁궐이라
앉을 가지 없을까 의심스럽네.

• 1506년(연산 12년) 8월 4일 작시

移園桃樹恨違幾
暗惜濃紅謾委私
欲化此身偸艶蝶
還疑深檻未粘枝

■ 승정원에 내리고 화답하게 했다.

효와 의를 다 가져야

효와 의를 다 가져야
선왕의 규범에 맞고
사(邪)에 끌려 교(巧)를 부리면
세상의 흠이 된다.
만약 오늘의 조정의 뜻
반대하는 자가 있다면
서릿발같은 칼날 아래
죽음 면치 못하리.

● 1506년(연산 12년) 8월 16일 작시

孝義通存合帝規
牽邪執巧俗爲疵
有人若駁今朝議
未免霜鋩舞不遲

■ 공신을 종묘에 배향한 것을 따로 내어 옮기도록 지시하는 등 여러 가지 뜻을 전하면서 경계하는 의미로 쓴 시다.

이장곤을 꾸짖으며

화난 닥치리라 미리 헤아려
딴 놈에게 붙고
흉하게도 당장 편안하려
깊은 산에 숨었구나.
어버이와 임금 버리고
어디서 용신할고.
고금에 완악하기
이보다 더 없도다.

• 1506년(연산 12년) 8월 18일 작시

先度終難掩附攀
兇思姑息隱幽山
離親棄主容何地
今古難逾此惡頑

▌이장곤(李長坤)은 어릴 때부터 활을 잘 쏘고 체격이 커서 장군감이라고 불리었는데 연산 8년에 문과에 급제해서 교리(校理)로 있다가 명나라 사신에게 실수해서 거제도로 귀양가 있었다. 이 무렵 연산군의 폭정에 못이겨 곳곳에서 도둑이 일어나고 귀양간 사람들도 달아나는 등 민심이 뒤숭숭한 시기였다. 이를 염려하여 이장곤을 먼저 없애게 했는데 이장곤이 알고 도망가서 큰 세력을 형성하여 서울로 쳐들어 온다는 말을 듣고 연산군이 분개하며 쓴 시이다.

강혼과 나

구슬같은 꽃과 달의
시귀를 잊기 어려워
음률을 들을 때마다
내 마음은 경에게로.
고요한 대궐 안에
밤 경치가 맑은데
호탕한 이 내 심정
어느 누가 위로할까.

● 1506년(연산 12년) 8월 19일 작시

難忘花月句如瓊
每聽笙歌意到卿
賞景朱樓淸夜裏
一無人合慰豪情

* 경(卿) : 연산군이 강혼을 일컬어 썼다.

■ 강혼에게 내린 시이다. 강혼은 원래 글을 잘 짓고 몸가짐이 발라 사림(士林)에게 인정을 받고 있었는데, 연산군이 글 잘함을 알고 발탁한 뒤 온갖 음탕한 글과 여총(女寵)에 관한 것을 다 쓰게 했다. 강혼은 글 씀에 있어 성의를 다해 바치니 연산군이 특별히 좋아해 일품 벼슬로 대우했다. 사람들이 강총(江揔)의 압객(狎客, 터놓고 지내는 사람)에 비유했다. 강총이란 사람은 진(陳)나라 때 시에 능했던 관리로 정무는 돌보지 않고 날마다 후원에서 놀며 색정시(色情詩)를 지은 사람이다.

인 생

인생은 초로와 같아서,
만날 때가 많지 않은 것.

• 1506년(연산 12년) 9월 23일 작시

人生如草露
會合不多時

▌연산군은 이 날 후궁들을 거느리고 후원에서 잔치를 열었다. 직접 초금(草笒) 두어 곡조를 분 다음 위와 같이 탄식하자 다른 후궁 나인들은 비웃었으나, 전비(田非)와 장녹수만이 눈물을 보였다. 연산군은 그들의 등을 어루만지며 말했다. "지금 태평한 지 오래이니 어찌 불의의 변이 있겠느냐만 만약 변고가 있게 되면 너희들은 반드시 면하지 못하리라." 중종반정이 일어나 연산군이 축출되고 장녹수 등이 처형되는 것은 이로부터 불과 열흘 뒤다.

■ 해 설

狂氣에서 平定으로

—『시인 연산군』에 대하여

崔 東 鎬

(국문학 · 고려대교수)

燕山君(1476~1506)의 패덕은 널리 알려진 일이다. 폭군으로서 그의 언행은 荒忘 無道하였으며, 끝내는 박원종을 중심으로 한 反正 세력에 밀려 군왕의 자리에서 내쫓긴 불운한 왕이었음을 우리는 알고 있다.

그러나, 辛奉承 선생이 편한 『시인 연산군』을 읽으면서 새삼 놀라지 않을 수 없었다는 것이 필자의 솔직한 심정이다. 그는 왜 이렇게 많은 시를 썼던 것일까. 그리고 과연 그의 시들을 어떻게 받아들여야 할 것인가. 폭군으로서 연산군과 시인으로서의 연산군 그리고 인간으로서 연산군의 모습을 새삼 조명해 보아야 할 필요를 느낀다. 이 세 가지 측면이 다각적으로 투시될 때 각각의 모습 또한 분명해질 것이다. 우선 시기적으로 보면 연산의 시들은 도표와 같이 제작되었다.

이 도표를 통해 본다면, 연산군은 그의 집권 말기인 재위 10년에서 12년 사이에 거의 대부분의 작품을 썼다는 사실을 알 수 있다.

이 시기에 그는 거의 군왕으로서의 자제력이나 자신감을 상실하고 있었다. 이로 보아 연산군에게 있어서 시를 쓴다는 것은 자신의 울적함을 해소하거나 또는 그의 광기의 배면에 감추어진 정서적 불안감을 달래는 자기표현의 방법이었음을 알 수 있다.

시의 주제에 있어서 산수 자연을 노래한 시, 신하들을 비판하고 경계한 시, 자기 자신의 허물을 탓하는 시, 취흥과 풍류의 즐거움을 노래한 시 등 거의 그가 느끼고 생각했던 많은 측면들이 솔직하게 표백되어 있다.

월 / 재위년	1	2	3	4	5	6	7	8	9	10	11	12	계
1													0
2											1		1
3													0
4													0
5			1									2	3
6			1	1				1		1			4
7				1	1	1		1					4
8		1											1
9					1					1			2
10	1		1		1			1	2	1	3	2	12
11	2		5	2	3	4	3	8	1	1	2	5	36
12	9	4	12	4	7	8	12	4					60

(총 125편)

기침은 심하고 근심은 많으니
지친 마음 그치지 않아
이리저리 뒤척이며

밤새 잠을 못 이루네.
간관들은
종묘사직 중한 것은
생각지도 않고
소장이란 소장마다
경연에만 나오라네.

咳深煩多困氣緜
耿耿終夜未能眼
諫官不念宗社重
每上疏章勵經筵

상소를 귀찮아 하는 임금과 상소를 올리는 신하들 사이의 불편함은 조선의 모든 왕들에게 있었던 일이었지만 특히 연산군에게는 심했던 것 같다. 『연산군일기』를 읽어 보면 그는 대신들의 직언을 매우 싫어했으며, 극단에 가서는 전혀 그 말을 듣지 않는 지경에까지 이르렀음을 알 수 있다. 경연에 나가지 않는 게으름을 종사에 대한 걱정으로 메꾸려는 연산군의 인간적 번민을 이 시에서 엿볼 수 있다.

그러나, 무오사화(1498년)와 같이 신진 사류를 척결한 피의 소용돌이가 있었던 후에도 연산군이 인군의 도를 생각하고 있었음은 흥미로운 사실이다.

들국화는 시들었는데
집국화는 난만하고
붉은 매화 떨어지자
흰 매화 한창이네.

풍물을 구경하며
하늘 이치 안다지만
인군의 도는 먼저
화목한 정사를 하는 것이리.

野菊已殘家菊蘭
紅梅裳謝白梅濃
莫言玩物推天理
君道宜先講政雍

연산군 6년인 1503년 10월 14일에 쓰여진 위의 시에서 우리는 연산군이 화목 정사가 인군의 도임을 깨닫고 있었음을 알 수 있다. 아마도, 들국화나 붉은 매화와 집국화와 흰 매화는 무오사화에 희생된 뭇 인재들을 마음 속으로라도 기리는 뜻이 담겨 있었던 것이 아닌가 싶다. 인군의 도를 화목한 정사에서 찾고 있음이 그 단서가 되지 않을까 한다.

그러나, 연산군이 돌이킬 수 없는 패륜의 길에 들어선 것은 폐비 윤씨의 사사(賜死)를 알게 된 1504년 3월이었으리라 생각된다. 폐비가 사사된 후 온 조정이 애써 감추고자 했던 폐비 윤씨의 사사(1481년 8월 16일)를 연산군이 알게 되고(1504년 3월 20일) 이로 인해 갑자사화가 일어난다. 아들로서 어머니의 원수를 갚는다는 연산군의 절규는 이미 이씨 왕가가 치러야 할 피의 대가였는지도 모른다. 그러나, 흥미로운 것은 연산군이 폐비 윤씨의 사건을 알게 된 직후에 쓴 다음과 같은 시이다.

용렬한 자질로 위에
있은 지 십년인데

너그러운 정사 못하니
부끄런 마음 금할 길 없네.
조정 안에 종사를 생각하여 보필하는 자 없으니
이 모두 어린 이 몸
덕이 없음이로다.

庸質臨臣十載回
未敷寬政愧難裁
朝無勉弼思宗社
都自庶吾乏德恢

이 시는 갑자사화의 피바람 속에서 1504년 3월 24일에 쓰여졌다. 표면적으로는 모친에 대한 효를 다하지 못하는 자신의 무력감으로 끝맺고 있지만, 주목되는 것은 너그러운 정사를 펴지 못하는 것에 대한 자기 반성도 곁들여져 있다는 것이다. 여기서 더 거슬러 올라가 보면 자기 자신의 용렬함도 고백하고 있다. 보위에 오른 지 십년 동안 내가 한 것이 무엇인가 하는 자문도 있었을 것이다. 세자 시절 자신을 엄격하게 질책하던 인수대비의 따가운 눈총도 담겨 있을 것이며, 보위에 오르기 위해 그 모든 수모를 참아야 했던 세자 시절의 어려움도 있었을 것이다. 그리고 무오사화와 갑자사화를 치러야 하는 자신의 비극적인 운명에 대한 자학(自虐)도 있었을 것이다.

제왕이란 모든 것을 다 할 수 있는 자가 아니다. 사사된 친모 윤씨를 살려낼 수도 없을 뿐만 아니라 사후 처리 또한 자기 마음대로 할 수 있는 일이 아니지 않은가. 자신의 의지를 관철시키고자 할 때 신하란 어떤 자인가. 극력 자신의 뜻을 반대하는 자가 아니면 무조건 자기의 뜻을 좇는 자들이었던 것이다.

사시절 아름다운 경치도
놀이만은 못한 것이니
부디 그윽한 대(臺)
밝은 가을 달을 구경하리.
바람 이는 강에
물결 타고 건너기 좋아 마오.
배 뒤집혀 위급할 때
그 누가 구해 주리.

四時佳景不如遊
須賞幽臺朗月秋
莫好風江久浪渡
飜舟當急救人誰

앞의 두 구와 뒤의 두 구는 대구이다. 자연의 경물을 노래한 구에 비유하여 인신을 경계하였는데, 특히 위급할 때 아무도 구해줄 사람이 없다는 표현은 연산군에게는 절실한 것이었으리라. 그가 연락(宴樂)을 즐기며 황음무도한 환락에 빠질수록 그를 구원해줄 사람이 없다는 사실을 간파하고 있는 연산군은 자신의 무도함을 억제하지 못했으나 신하들의 교묘한 처세는 꿰뚫어 보았다고 말할 수 있을 것이다.

뜰에 새로 핀 꽃
몇 떨기나 고운지,
향기에 끌려 날뛰는 나비
눈매 무섭네.
태평스런 좋은 경치
끝없는 곳에

봄빛이 한 그루 붉은 나무에
먼저 어리었도다.

苑裡新花幾艶叢
香牽狂蝶眼回雄
太平佳景無窮處
春色先添一樹紅

이 시는 연산군 10년인 1504년 12월 18일에 쓰여졌다. 이 시를 내리며 연산군은 "운(韻)의 뜻이 율(律)에 맞는가"하고 신하들에게 물었다. 승지들은 "율의 격식이 실로 고시(古詩)와 같습니다"라고 답했다. 율이 고시의 격식에 맞고, 시의 내용도 표면적으로 보아 태평스러운 좋은 경치를 말하고 있다.

그러나, 이 시는 같은 해 3월 24일에 쓰여진, 경물을 말하고 인신을 경계한 시와 대조적이다. '향기에 끌려 날뛰는 나비(香牽狂蝶)'가 태평스러운 봄빛 속에 감추어져 있다. 이 미친 나비야말로 연산군의 광기어린 눈빛이었을 것이다. 미친 듯이 꽃을 찾아 다니는 나비는 이미 주색의 탐닉에 빠진 연산군 자신의 표상일 것이다. 연산군이 일부러 고시의 율에 맞춰 이 시를 썼다는 것은 자신의 광기를 감추고 신하들을 희롱하고자 함이었을 것이리라. 승지들의 "격식이 실로 고시와 같습니다"라는 답을 듣고 아마도 연산군은 '배 뒤집혀 위급할 때 / 그 누가 날 구해 주리'와 같은 자신의 종말을 예견했을 지도 모른다.

위의 시에서 볼 수 있던 광기서린 눈빛은 연산군 11년에 이르면 더욱 표면화되어 도성 밖에 금표를 세운다. 연산군은 갑자사화의 피비린내가 가시지 않은, 같은 해 8월에 다음과 같은 명을 내렸었다.

(……) 가린원(嘉麟院)으로부터 창경릉(昌敬陵) 남쪽을 둘러 행주(幸洲)의 길과 합하여 금표(禁標)를 세우고, 북쪽은 달현(達峴)으로부터 성까지의 거리가 30, 40리인데, 산언덕이 끊어진 곳에는 모두 목책(木柵)을 설치하여 그 안의 인가(人家)를 철거하고 전지(田地)의 경작을 금지시키도록 하라!

연산군은 아마도 이 금표 안에 자신의 이상국을 세우려고 하였을지도 모른다. 그렇게 본다면 위의 명은 누구에게도 구속받지 않고 사냥과 취흥과 여색을 즐길 수 있는 이상 세계의 선언일 것이다. 그러나, 이 어처구니 없는 명은 정신 이상자의 것이다. 갑자사화 이후의 연산군은 군왕으로서 판단력을 상실하고 자기 스스로도 자신을 어떻게 제어하지 못하는 정신 분열증과 같은 상태에 도달하였다고 여겨진다.

겉으로는 태평성대를 구가하며 취흥의 즐거움을 노래하지만, 잠자리에서 잠을 이루지 못하고, 기생의 죽음을 애통해 하기도 한다. 뿐만 아니라 잔치를 벌이던 양화문에 불이 나서 장랑(長廊) 40간을 태우며 밤을 밝히는 데도 묻지 않고 노래와 음악을 즐겼다는 것은 도저히 정상적인 행동이라고 볼 수 없다. 아마도 연산군은 취흥이 깨질가 두려워했을지도 모른다.

삼팽이 두려워
밤 새우는 풍속이 안타까워라.
교묘한 풍습이 인간을 현혹시킴
그 누가 알리.
밤 깊은 대궐 뜰에

은혜가 젖었는데
아주 강한 심력(心力)이
추위에 부딪쳐 소리를 내네.

俗畏三彭惜漏經
誰知風巧惑蒼生
夜深墀下霑思足
莫强心力觸寒聲

이 시는 연산군 11년인 1505년 12월 10일에 쓰여졌다. 귀신 소리를 듣는 연산군의 목소리를 접할 수 있다. 삼팽(三彭)은 몸 속에 있는 귀신으로 경신일(庚申日) 밤에 나와서 사람의 비밀을 천제(天帝)에게 참소하여 해를 끼친다고 한다. 연산군은 이 날 승정원·예문관·병조·도총부 당상들을 빈청에 모아 밤 새우게 하고 이 시를 내렸다. 이로 보아 연산군은 자신의 일들이 하늘에 알려지는 것이 두려웠는지 모른다. '교묘한 풍속이 인간을 현혹시킴(風巧惑蒼生)'이라고 표현하고 있지만 그 자신이 현혹되어 신하들을 불러모아 밤 새우게 하였을 것이다. 특히 마지막 '莫强心力觸寒聲'이란 구는 마음 속에서 소리치는 귀신의 목소리를 두려워했음이 아닌가 한다. 내관들이 바른 말 하는 것이 듣기 싫다고 〈신언패(愼言牌)〉를 목에다 걸게 한(연산군 9년, 1503년) 그는 내관들은 물론 조관(朝官)들에게도 신언패를 차라는 어명(연산군 11년, 1505년)을 내렸다. 도성 백리 밖으로 금표를 확대시킨 연산군으로서는 아무래도 마음 속에 있는 귀신이 두렵지 않을 수 없었을 것이다.

아마도 연산은 李賀의 「神絃曲」과 같은 귀신들의 요기에 이끌려 가고 있었는지 모른다.

해가 지고
어둠이 깔리면

귀신들이 온다. 바람에 불려
말을 타고 구름을 차면서.

땅에서는 풍악이 일고,
우는 듯 흐느끼는 듯 비파 소리 닐리리 피리 소리.

무당은 사르르 치마를 땅에 끌어
춤을 춘다. 가을을 밟고

살쾡이는 피를 토하여 울고
여우는 겁에 질려 죽는다.

벽에 그린 용을 타고, 금빛
꼬리를 뒤트는 규룡(虯龍) 휘몰고

비의 신〔雨神〕은
못 속으로 들어가고

백살 먹은 올빼미는 도깨비가 된다.
고목에 살기 고목 도깨비.

웃음 소리, 푸른 불빛
둥우리에 사위롭다.

(李元燮 역)

당나라의 시인 李賀의 「崇義里滯雨」를 읽어보면, 그는 스물일곱에 백발이 된 꿈을 꾸고 꿈속에서도 울었던 시인이다. 위의 「神絃

曲」에서 들을 수 있는 요기로운 귀신들의 목소리가 파멸을 향해 치달리던 연산군의 마음을 괴롭히고 있었을 것이다. 이미 권세의 몰락은 물론 죽음의 목소리까지 듣고 있었을 것이다. 연산군의 광기가 더욱 극에 달했을 때 그 스스로 자신의 광기를 다음과 같이 변명한 시가 쓰여졌다.

가벼운 대답은
깊은 믿음을 알고
사사로운 말은
두터운 친함을 느낌이다.
호기를 냄은
천성을 따른 것이고
짐짓 미친 짓은
천진함으로부터 온다.

輕對知深信
私言感厚親
發豪從本性
狂作自天眞

발호(發豪)와 광작(狂作)을 스스로 인정한 이 시에서 우리는 정신적으로 파산한 군왕의 자기 변명을 읽을 수 있다. 본성이 호기를 부리는 것이고, 천진함이 광태를 일삼는 것이라면 이미 중증의 정신분열증이라고 하지 않을 수 없다. 물론 연산군은 인간의 본성 그 자체의 천진함을 들어 자신을 변호하고자 한 것이었으리라. 그러나, 광기의 인간은 더 이상 하나의 객체로서 자신을 유지할 수 없었을 것이다.

연산군이 그나마 자신을 유지할 수 있었던 것은 그가 시를 썼기 때문이었을지도 모른다. 자신의 내면에서 들끓는 광적인 에너지를 그나마 어느 정도라도 조절할 수 있었던 것은 시로써 자신을 달랠 수 있었기 때문이다. 『연산군일기』 곳곳에는 자신의 시를 쓴 다음 신하들에게 화답을 시켰다는 기록이 있다. 시로써 자신의 고적함을 해소시켰을 것이다. 시를 쓰지 않을 수 없었다는 것은 그에게는 하나의 인간적인 몸부림이었을 것이다. 그 몸부림이 광기로 솟구칠 때 시인으로서 군왕으로서 그리고 한 인간으로서 비극적 파멸에 도달하였던 것이 아닐까.

여기서 우리는 융(C.G. Jung)의 말을 되새겨 볼 필요가 있다. "시인과 정신병 환자 사이에는 공통적인 어떤 것이 있는데, 이것은 또한 어느 인간에서나 볼 수 있는 것이다. 우리들 건강한 사람은 전적으로 현실에 서서 分裂症 患者의 세계의 파괴성만을 본다. 우리에게서 등돌리고 있는 마음의 저편에 있는 풍성함을 보지 못한다."(李符永, 分析心理學, 223면) 아마도 도성 백 리 밖에 금표를 세우고 쾌락의 유토피아가 오직 그 개인의 쾌락을 위해 다른 사람을 억압하였으므로 그것은 정당성을 지닌 것이 되지 못했던 것이다.

우리는 그의 시를 통해 정상인과 광적 인간의 극단적 대비를 엿볼 수 있다. 나아가서는 과연 인간이란 무엇인가를 다시금 생각해 보게 된다. 연산군을 비방만 하는 것이나 억지로 옹호하는 것 그 모두가 정당한 판단은 아닐 것이다. 연산군이 보여 준 광기란 어느 인간이나 잠재적으로 지니고 있는 것이며, 인간의 가슴 속에 품고 있는 가장 극단적인 행동을 보여 준 실증적인 예일 것이다. 연산군의 시를 객관적으로 이해할 때 우리는 고정된 선입관을 벗어나서 더

많은 것을 얻을 수 있을 것이다.

광적 행동이 아무리 극단화되어도 그 자체가 만족을 주지 못하자 연산군은 더욱 정신적인 조울증에 빠져 아마도 누군가 자신의 파멸을 선언해 줄 것을 안타까이 기다리고 있었을 것이다. 그는 세자 시절부터 심한 거세 공포증을 느끼지 않을 수 없을 것이다. 광적 행동이란 이 공포증의 반작용이었다고 해도 과언이 아닐 것이다. 중종반정이 있기 며칠 전 연산군은 침울한 상태에서 하루를 보낸다. 풍악이 울리고 술잔이 돌아도 웃지도 소리치지도 않던 연산군은 탄식조로 다음과 같은 시를 읊었다고 한다.

인생은 초로와 같아서
만날 때가 많지 않은 것

人生如草露
會合不多時

어느 누구도 이처럼 비통한 연산군의 마음을 달랠 수 없었을 것이며, 어느 누구도 시대의 흐름을 역류시킬 수 없었을 것이다. 폐위된 연산군이 두 달 후 강화도 교동에서 역질에 걸려 세상을 하직하니, 보위 12년 간의 연산군의 행적은 초로와 같은 인간의 삶이 무엇인지를 그대로 실증한 것이라 말하지 않을 수 없다. 광기서린 삶은 끝내 죽음에 이르러서야 평정을 되찾는다는 평범한 진리는 연산군의 삶에서 우리가 찾을 수 있는 커다란 교훈일 것이다.